Meu Primeiro Livro de Piadas

Meu Primeiro Livro de Piadas

Editora
BrasilLeitura

©TODOLIVRO LTDA.

Rua das Missões, 696 - Ponta Aguda
Blumenau - SC | CEP 89051-000

Ilustração:
Beto Uechi

Texto:
Ângela Finzetto

Revisão:
Karin E. Rees de Azevedo

IMPRESSO NA ÍNDIA
www.todolivro.com.br

Dados Internacionais de Catalogação na Publicação (CIP)
(Câmara Brasileira do Livro, SP, Brasil)

Finzetto, Ângela
Meu primeiro livro de piadas / Ângela Finzetto;
[ilustração Beto Uechi]. -- Blumenau, SC:
Todolivro Editora, 2018.

ISBN 978-85-7389-721-0

1. Piadas - Literatura infantojuvenil . Uechi,
Beto. II. Título.

12-05398   CDD-028.5

Índices para catálogo sistemático:

1. Piadas : Literatura infantil   028.5
2. Piadas : Literatura infantojuvenil   028.5

ÍNDICE

A BARRIGA	62	AULA DE LITERATURA	21, 71
A CENTOPEIA	57	AULA DE MATEMÁTICA	55
ACIDENTE	22	AULA DE REDAÇÃO	119
A COBRANÇA	38	AVENTURA NO DESERTO	15
A CONTA DO HOSPITAL	89	A VISITA	37
AÇOUGUEIRO	87	BARATAS	35
ADIVINHA	95	BEBÊ CHORÃO	67
ADIVINHAÇÃO	50	BICICLETA NOVA	59, 65
ADVOGADO CARO	83	BIOLOGIA ANIMAL	79
A GALINHA E O IOIÔ	70	BOM COMPORTAMENTO	52
ALIMENTAÇÃO SAUDÁVEL	51	BONS FREGUESES	103
ALUGUEL ATRASADO	79	BRINCADEIRA DE LOUCO	101
ALUNA DE SORTE	20	BRINCADEIRA NA LAMA	41
ALUNA ENGRAÇADINHA	85	CADÊ A MAÇÃ?	118
ALUNO CHORÃO	24	CAIPIRA NA CIDADE	126
ALUNO CRIATIVO	86	CÃO E GATO	56
ALUNO DESATENTO	118	CAPA EMPRESTADA	22
ALUNO EMBROMADOR	85	CARPINTEIRO	100
ALUNO FALTOSO	111	CARTA AO PAPAI NOEL	107
ALUNO GAGO	48	CARTA DE UM LOUCO	14
A MORTADELA	40	CARTA MALUCA	121
A MOSCA NA SOPA	34	CARTA NO HOSPÍCIO	12
A MULHER FOI AO MÉDICO	76	CASO GRAVE	100, 116
A MÚMIA	12	CENOURA SOLTEIRA	62
A NATUREZA É SÁBIA	35	CHAMADA ORAL	68
ANIVERSÁRIO	57	CIDADE COM NEBLINA	73
ANTES DAS REFEIÇÕES	99	COELHO MALUCO	69
ANÚNCIO NO JORNAL	106	COMIDA DE BALEIA	104
APRENDIZ DE VAQUEIRO	99	COMO SER EDUCADO	85
A PRESSA E A PERFEIÇÃO	8	CONFUSÃO ENTRE VIZINHOS	27
A REUNIÃO	41	CONFUSÃO NO CINEMA	94
ARMÁRIO PESADO	28	CONVERSA DE DOIDO	88, 105
A SORTE DO LOUCO	23	CONVERSA DE LOUCOS	55
ASSALTO	81	CONVERSA DE VENDEDOR	104
AULA DE ÁLGEBRA	91	CONVERSA ENTRE MÃES	69
AULA DE ANATOMIA	110	COPA DO MUNDO	94
AULA DE BOAS MANEIRAS	39	DEMISSÃO	106
AULA DE CARDIOLOGIA	78	DESEMPREGADO	103
AULA DE CIÊNCIAS	17, 97	DESORDEM	48
AULA DE GRAMÁTICA	26, 121	DEVAGARZINHO	106
AULA DE HISTÓRIA	65	DINHEIRO PERDIDO	109

DIREITOS DOS HOMENS	73	MALUQUICE NO CINEMA	30
DORMINDO EM SERVIÇO	92	MAMÃE CANGURU	41
É GOL!	84	MAPA-MÚNDI	74
ENGANO AO TELEFONE	14	MARIDO ACIDENTADO	70
ENGANO NA FAZENDA	62	MARIDO E MULHER	97
ENTRE AMIGOS	96	MARIDO MANCO	102
ENXERGANDO LONGE	13	MAR MORTO	76
ESCOLA PRA GAGOS	31	MÁS NOTÍCIAS	91
ESTRESSADO	109	MATEMÁTICA	20, 75
ESTUDANDO O PORTUGUÊS	123	MAU ALUNO	112
ESTUDANDO PARA A PROVA	67	MÉDICO INSATISFEITO	96
FAZENDO CONTA	24, 90	MÉDICO MALUCO	95
FESTA NO CÉU	45	MENINO EDUCADO	122
FILHO CAÇULA	10	MENINO PRODÍGIO	60
FILHO CURIOSO	32	MENINO TRAVESSO	14
FILHO TAGARELA	71	MEU HERÓI!	121
FOFOQUEIRAS	80	MORCEGUINHOS	18
FOME DE LEÃO	11	MOSCA APRENDIZ	18
FRANGO MALPASSADO	37	MUITO TRABALHO	67
FUGA MALUCA	16	NA AULA DE MATEMÁTICA	114
FUNCIONÁRIOS PUXA-SACOS	93	NA BARBEARIA	90
FUTEBOL ENTRE INSETOS	125	NA BIBLIOTECA	36
GAGO NO RESTAURANTE	64	NADAR FAZ BEM	110
GATO E RATO	19	NA ENFERMARIA	63
GATO SABIDO	33	NA ESCOLA	9, 44
GEOGRAFIA	9	NA ESQUINA	17
GOSTO ESTRANHO	72	NA ESTAÇÃO DE TREM	89
GRAMÁTICA	49	NA ESTRADA	55, 120
HORÁRIO MALUCO	96	NA LANCHONETE DA RODOVIÁRIA	77
IDADE AVANÇADA	79	NAMORADO SINCERO	26
IRMÃO GULOSO	82	NO CONSULTÓRIO	28, 66
JÁ NOS CONHECEMOS?	123	NO DENTISTA	106
JOGO DE BASQUETE	87	NO DIA DAS MÃES	27
LADRÃO FUJÃO	105	NO FUTEBOL	65
LIÇÃO DE CASA	31, 49, 83	NO HOSPÍCIO	92
LOUCO EM FUGA	26	NO HOSPITAL	99
LOUCO ESPERTO	98	NO LABORATÓRIO	21
LOUCO NA BIBLIOTECA	86	NOME CHINÊS	88
LOUCO NA FARMÁCIA	107	NO ÔNIBUS	56
LOUCO NO DENTISTA	114	NO QUARTEL	88
LOUCOS NA HORA DO LANCHE	15	NO RESTAURANTE	118
LOUCOS NO BANHO	8	NO SANATÓRIO	112
LOUCOS NO VOLANTE	82	NO SÍTIO	43
MÃE CUIDADOSA	98	NOTAS DE ARREPIAR	43
MAIS SOBRE ELEFANTE	47	NO TEATRO	30
MAL-ENTENDIDO	58, 71	NO TELEFONE	36

NO TREM	36	PRESENTE PARA NAMORADA	122
NO TRIBUNAL	73, 81	PRESIDIÁRIO ESPERTO	84
NOVIDADE	48	PREVENDO O FUTURO	95
NOVO EMPREGO	66	PRIMEIRA AULA	46
NO ZOOLÓGICO	16, 45, 81	PROFESSORA SEM GRAÇA	89
O ACIDENTE	59	PROFISSÕES	34
O BALÉ	29	PROVA DE HISTÓRIA	82
O CAIPIRA E A TV	46	PROVAS FINAIS	76
O CAIPIRA NA RODOVIÁRIA	47	QUADROS REALISTAS	44
O DINHEIRO	53	QUANTO CUSTA?	10
O ELEFANTE	32	QUANTOS MOSQUITOS!	13
O ESCOTEIRO	58	QUE COCEIRA!	12
O FOTÓGRAFO	34	QUEM ESTÁ EM CASA?	63
O LOUCO E O PINGUIM	11	QUEM PODE VOAR?	9
O LOUCO VEM AÍ	21	QUE PREGUIÇA!	93
O MÁGICO E O PAPAGAIO	54	QUE SUSTO!	107
ONDE ESTÁ O ANÃO?	119	RÁDIO MOLHADO	91
O ÔNIBUS CERTO	115	RESPOSTA DISTRAÍDA	46
O PREGUIÇOSO	117	SEM DESCULPAS	86
ORGULHO DA MAMÃE	59	SEM EMPREGO	114
O SAFÁRI	60	SEMPRE ATRASADO	80
O SÍTIO	52	SOCORRO!	120
OS PEIXINHOS	51	SOCORRO, UM GATO!	10
PACIENTE DISTRAÍDO	83	SURPRESA	29
PAI CORUJA	25	TATARAVÔ	44
PAPAGAIO DE MUDANÇA	68	TATU ESPERTO	70
PAPAGAIO ESPERTO	19	TELEFONEMA	33
PARA NÃO ROER UNHA	28	TELEFONEMA MALUCO	56
PARECIDO COM A SOGRA	97	TEMPO CHUVOSO	122
PARENTES DESCONHECIDOS	72	TESTE DE GEOGRAFIA	66
PATRÃO DURÃO	84	TESTE PARA LOCUTOR	53
PEDIDO IMPOSSÍVEL	25	TIRADENTES	87
PEDREIROS PERDIDOS	38	TOMATES	31
PEIXE SAUDÁVEL	108	TRATAMENTO DE BELEZA	124
PERGUNTA DIFÍCIL	92	TROTE AO TELEFONE	126
PERGUNTAR NÃO OFENDE	72	TROTE PELO TELEFONE	77
PERGUNTINHAS	42	UMA DE CADA COR	90
PESCARIA	8	UM MENOS UM	13
PESCARIA MALUCA	116	VAQUEIRO ESPERTO	107
PIADA DESCONHECIDA	25	VELHO OESTE	80
PIADAS NA SELVA	61	VELOCIDADE REDUZIDA	74
PISCA-PISCA DO CARRO	32	VENDEDOR COM GAGUEIRA	61
PISCINA MALUCA	20	VENDEDOR DE RUA	78
POBRE HOMEM	50	VENDEDORES	119
PONTARIA	54	VENDEDOR INSISTENTE	115
PRESENTE DE AVÔ	64		

A PRESSA E A PERFEIÇÃO
A MÃE CHAMOU O FILHO E DISSE:
— PODE REFAZER ESTA LIÇÃO! A PRESSA É INIMIGA DA PERFEIÇÃO.
E ELE, SAINDO PARA BRINCAR, RESPONDEU:
— AH, MÃE! ELAS QUE FAÇAM AS PAZES. EU NÃO TENHO NADA COM ISSO.

LOUCOS NO BANHO
DOIS LOUCOS ESTAVAM TOMANDO BANHO E UM DELES DISSE:
— DUVIDO QUE VOCÊ CONSIGA SUBIR NADANDO PELO CHUVEIRO.
O OUTRO RESPONDEU:
— EU NÃO. QUANDO EU CHEGAR LÁ EM CIMA, VOCÊ DESLIGA O CHUVEIRO E EU CAIO.

PESCARIA
UM PESCADOR CHEGA NA BEIRA DO RIO E PERGUNTA PARA O OUTRO PESCADOR QUE JÁ ESTAVA LÁ:
— ESTÁ BOM PARA PEIXE?
— ESTÁ ÓTIMO. ATÉ AGORA, NÃO PEGUEI NENHUM.

QUEM PODE VOAR?

ESTAVAM DOIS MERCADOS VOANDO QUANDO UM DELES DISSE:
— ESPERE AÍ, MERCADO NÃO VOA!
NA MESMA HORA, ELE CAIU NO CHÃO, MAS O OUTRO CONTINUOU VOANDO. SABE POR QUÊ?
PORQUE ELE ERA UM SUPERMERCADO!

NA ESCOLA

A PROFESSORA PERGUNTA PARA OS ALUNOS:
— QUEM QUER IR PARA O CÉU?
TODOS LEVANTAM A MÃO, MENOS O JOÃOZINHO.
— VOCÊ NÃO QUER IR PARA O CÉU, JOÃOZINHO?
— QUERO, PROFESSORA. MAS A MINHA MÃE DISSE QUE DEPOIS DA AULA ERA PARA EU IR DIRETO PARA CASA!

GEOGRAFIA

A MÃE PERGUNTA:
— FILHO, O QUE VOCÊ ESTÁ ESTUDANDO?
— GEOGRAFIA, MAMÃE.
— ENTÃO ME DIGA: ONDE FICA A INGLATERRA?
— NA PÁGINA 83.

FILHO CAÇULA
A MÃE PERGUNTA AO FILHO PEQUENO:
— FILHO, VOCÊ PREFERE GANHAR UM IRMÃOZINHO OU UMA IRMÃZINHA?
— PUXA, MÃE, SERÁ QUE NÃO DAVA PARA SER UMA BICICLETA?

SOCORRO, UM GATO!
ALÔ! É DA POLÍCIA? TEM UM GATO QUERENDO ME MATAR!
— COMO? DESCULPE, SENHOR, MAS ISSO É IMPOSSÍVEL!
— IMPOSSÍVEL?! ELE ESTÁ QUASE ME ATACANDO!
— QUEM ESTÁ FALANDO?
— É O PAPAGAIO!

QUANTO CUSTA?
UMA MULHER CHEGOU NA PADARIA E PERGUNTOU:
— QUANTO É O CAFEZINHO?
O BALCONISTA RESPONDEU:
— UM REAL.
— E O AÇÚCAR?
— É DE GRAÇA.
— AH, ENTÃO ME DÊ DOIS QUILOS DE AÇÚCAR.

O LOUCO E O PINGUIM

O LOUCO ACORDA DE MANHÃ E ENCONTRA UM PINGUIM NO QUINTAL. O VIZINHO DO LOUCO, QUE ESTAVA ESPIANDO PELO MURO, FAZ UMA SUGESTÃO:
— POR QUE VOCÊ NÃO LEVA O PINGUIM PARA O ZOOLÓGICO?
— BOA IDEIA! VOU LEVAR.
NO DIA SEGUINTE, O VIZINHO ENCONTRA O LOUCO COM O PINGUIM NO COLO.
— UÉ!? VOCÊ NÃO LEVOU O PINGUIM PARA O ZOOLÓGICO?
— LEVEI, SIM. HOJE VOU LEVÁ-LO AO PARQUE DE DIVERSÕES E AMANHÃ VAMOS AO SHOPPING CENTER.

FOME DE LEÃO

O LEÃO ESTAVA COM FOME E RESOLVEU LIGAR PARA UMA PIZZARIA:
— POR FAVOR, EU QUERO UMA PIZZA DE ZEBRA.
— SENHOR, NÃO EXISTE ESSE TIPO DE PIZZA.
— ENTÃO, TRAGA UMA DE ANTÍLOPE BEM GRANDE.
— ESSA TAMBÉM NÃO EXISTE.
— ENTÃO, TRAGA UMA DE CALABRESA MESMO, MAS COM UM ENTREGADOR BEM GORDINHO.

CARTA NO HOSPÍCIO

O LOUCO RECEBE UMA CARTA NO HOSPÍCIO.
OS OUTROS LOUCOS SE APROXIMAM PARA VER O QUE É. O LOUCO ABRE O ENVELOPE E RETIRA UMA FOLHA DE PAPEL EM BRANCO. AO VER AQUILO, DIZ:
— É DO MEU IRMÃO. NÓS NÃO ESTAMOS NOS FALANDO.

QUE COCEIRA!

A TIA PERGUNTA AO SOBRINHO:
— MENINO, POR QUE VOCÊ ESTÁ COÇANDO TANTO A CABEÇA?
— É POR CAUSA DE UM PIOLHO MORTO.
— UM PIOLHO MORTO FAZ VOCÊ SE COÇAR TANTO ASSIM?
— É QUE OS PARENTES VIERAM PARA O VELÓRIO!

A MÚMIA

O GUIA EXPLICA PARA OS VISITANTES DO MUSEU:
— ESTA MÚMIA AQUI TEM 10 MIL ANOS, 3 MESES E 20 DIAS.
— COMO O SENHOR PODE SABER COM TANTA EXATIDÃO?
— É SIMPLES. QUANDO EU COMECEI A TRABALHAR AQUI, A MÚMIA TINHA 10 MIL ANOS.

QUANTOS MOSQUITOS!

UM MENINO CHAMOU O PAI NO MEIO DA NOITE E DISSE:
— TEM MUITOS MOSQUITOS NO MEU QUARTO.
—APAGUE A LUZ QUE ELES VÃO EMBORA.
LOGO DEPOIS, APARECEU UM VAGA-LUME.
O MENINO CHAMOU O PAI OUTRA VEZ:
— PAI, SOCORRO! OS MOSQUITOS ESTÃO VINDO COM LANTERNAS.

ENXERGANDO LONGE

DOIS MENTIROSOS CONVERSAVAM NA PRAÇA:
— VOCÊ CONSEGUE ENXERGAR AQUELE MOSQUITO LÁ NO ALTO DA TORRE DA IGREJA?
— QUAL? O QUE ESTÁ SENTADO OU O QUE ESTÁ EM PÉ?

UM MENOS UM

A PROFESSORA PERGUNTOU PARA O ALUNO:
— VOCÊ SABE QUANTO É UM MENOS UM?
— NÃO SEI, PROFESSORA.
— VOU DAR UM EXEMPLO: FAZ DE CONTA QUE EU TENHO UM ABACATE. SE EU O COMER, O QUE É QUE FICA?
— O CAROÇO, ORAS.

ENGANO AO TELEFONE
UM HOMEM LIGA PARA A DELEGACIA E DIZ:
— POR FAVOR, EU QUERIA FALAR COM O DELEGADO.
— PODE FALAR, É O PRÓPRIO.
— OI, PRÓPRIO. TUDO BEM? CHAMA O DELEGADO PARA MIM?

MENINO TRAVESSO
A MÃE PERGUNTA PARA O FILHO BAGUNCEIRO:
— COMO VOCÊ CONSEGUE FAZER TANTAS TRAVESSURAS EM UM SÓ DIA?
ELE RESPONDE:
— É QUE EU ACORDO CEDO, MAMÃE!

CARTA DE UM LOUCO
UM LOUCO FALOU PARA OUTRO LOUCO:
— ESCREVI UMA CARTA PARA MIM MESMO.
— O QUE ELA DIZIA?
— COMO É QUE EU VOU SABER? AINDA NÃO RECEBI!

LOUCOS NA HORA DO LANCHE

DOIS LOUCOS ESTAVAM COMENDO BANANA. ENQUANTO UM DESCASCAVA UMA BANANA, O OUTRO COMIA COM CASCA E TUDO.
— EI, POR QUE VOCÊ NÃO DESCASCA SUA BANANA?
— PRA QUÊ? EU JÁ SEI O QUE TEM DENTRO!

AVENTURA NO DESERTO

TRÊS AMIGOS QUERIAM ATRAVESSAR O DESERTO DO SAARA. UM LEVAVA UM CUBO DE GELO, O OUTRO UM BARRIL DE ÁGUA E O TERCEIRO A PORTA DE UM CARRO. ELE PERGUNTOU PARA UM DOS DOIS AMIGOS:
— POR QUE VOCÊ VAI LEVAR UM CUBO DE GELO?
— SE EU SENTIR CALOR, ME REFRESCO.
— E POR QUE VOCÊ ESTÁ LEVANDO UM BARRIL DE ÁGUA?
— QUANDO EU SENTIR SEDE, EU BEBO.
— MAS E VOCÊ, PARA QUE A PORTA DO CARRO?
— UÉ! SE FICAR ABAFADO, EU ABRO A JANELINHA.

NO ZOOLÓGICO

UM HOMEM FOI AO ZOOLÓGICO. PASSOU EM FRENTE À JAULA DO LEÃO E LEU A PLACA: "CUIDADO! LEÃO PERIGOSO!" PASSOU EM FRENTE À JAULA DO TIGRE E VIU OUTRA PLACA: "CUIDADO! TIGRE PERIGOSO!" AÍ PASSOU POR UMA JAULA VAZIA, COM UMA PLACA EM QUE ESTAVA ESCRITO: "CUIDADO! TINTA FRESCA!" O HOMEM OLHOU, OLHOU E SAIU CORRENDO, GRITANDO:
— SOCORRO, SOCORRO. A TINTA FRESCA FUGIU!

FUGA MALUCA

DOIS LOUCOS ESTAVAM COMBINANDO UM PLANO PARA FUGIR DO HOSPÍCIO. UM DELES FALOU:
— VÁ ATÉ LÁ FORA E VEJA DE QUE TAMANHO É O MURO.
LOGO DEPOIS, O LOUCO VOLTOU E DISSE:
— NÃO VAI DAR PARA EXECUTAR O PLANO.
— POR QUÊ?
— NÃO TEM MURO.

AULA DE CIÊNCIAS
NA AULA DE CIÊNCIAS, A PROFESSORA QUER SABER:
— O QUE ACONTECE COM UM PEDAÇO DE FERRO DEIXADO MUITO TEMPO AO AR LIVRE?
UM DOS ALUNOS RESPONDE:
— ENFERRUJA, PROFESSORA.
— MUITO BEM! E COM UM PEDAÇO DE OURO? O QUE ACONTECE?
— SOME RAPIDINHO!

NA ESQUINA
UM GUARDA ESTAVA CORRENDO ATRÁS DE UM LADRÃO. QUANDO O LADRÃO VIROU A ESQUINA, O GUARDA O PERDEU DE VISTA E PERGUNTOU PARA UM HOMEM QUE ESTAVA PARADO ALI PERTO:
— POR FAVOR, O SENHOR VIU SE ALGUÉM DOBROU A ESQUINA?
— NÃO SEI, QUANDO CHEGUEI AQUI, ELA JÁ ESTAVA DOBRADA.

MORCEGUINHOS

UM MORCEGO ESTAVA ENSINANDO OS TRÊS FILHOS A CHUPAR SANGUE.
O PRIMEIRO VOLTA CHEIO DE SANGUE E DIZ:
— PAI, ESTÁ VENDO AQUELA OVELHA? EU CHUPEI O SANGUE DELA.
— MUITO BEM, FILHO.
O SEGUNDO VOLTA CHEIO DE SANGUE E DIZ:
— PAI, ESTÁ VENDO AQUELE BOI? EU CHUPEI O SANGUE DELE.
— MUITO BEM, FILHO.
O TERCEIRO VOLTA CHEIO DE SANGUE E DIZ:
— PAI, ESTÁ VENDO AQUELE MURO?
— ESTOU, FILHO.
— EU NÃO VI.

MOSCA APRENDIZ

UMA MOSCA FEZ SEU PRIMEIRO VOO. QUANDO VOLTOU, SUA MÃE PERGUNTOU:
— COMO FOI, FILHA?
— FOI MARAVILHOSO! POR ONDE PASSAVA, TODAS AS PESSOAS APLAUDIAM!

GATO E RATO

UM GATO ESTAVA CAÇANDO UM RATO.
DEPOIS DE MUITA CORRERIA, O RATO SE ESCONDEU EM SUA TOCA E OUVIU UM LATIDO:
— AU, AU, AU!
PENSANDO QUE ESTAVA SALVO, O RATO SAIU DA TOCA E FOI PEGO PELO GATO. SEM ENTENDER O QUE ACONTECEU, ELE PERGUNTOU:
— CADÊ O CACHORRO QUE ESTAVA AQUI?
E O GATO RESPONDEU:
— HOJE EM DIA, QUEM NÃO FALA DOIS IDIOMAS NÃO SOBREVIVE!

PAPAGAIO ESPERTO

UM HOMEM FICOU EXIBINDO O SEU PAPAGAIO PARA UM AMIGO:
— O MEU PAPAGAIO É ASSIM: QUANDO LEVANTA A PERNA ESQUERDA, ELE FALA INGLÊS; QUANDO LEVANTA A PERNA DIREITA, ELE FALA FRANCÊS.
O AMIGO PERGUNTOU:
— E SE LEVANTAR AS DUAS?
O PAPAGAIO RESPONDEU:
— AÍ, EU CAIO, NÉ?

PISCINA MALUCA

CONSTRUÍRAM UMA PISCINA NO HOSPÍCIO E OS LOUCOS FICARAM MUITO ALEGRES, BRINCANDO E PULANDO DO TRAMPOLIM.
À NOITE, COMENTARAM COM O MÉDICO:
— AMANHÃ VAI TER MAIS, DOUTOR?
— AMANHÃ VAI SER MELHOR AINDA. A PISCINA VAI ESTAR CHEIA D'ÁGUA.

MATEMÁTICA

A PROFESSORA TENTA ENSINAR MATEMÁTICA A UM DE SEUS ALUNOS.
— SE EU LHE DER QUATRO CHOCOLATES HOJE E MAIS TRÊS AMANHÃ, VOCÊ VAI FICAR COM... COM... COM...
— CONTENTE, PROFESSORA!

ALUNA DE SORTE

É DIA DE CHAMADA ORAL E O PROFESSOR PEDE:
— MARIAZINHA, DIGA DOIS PRONOMES.
ELA FICA SURPRESA:
— QUEM, EU?
— MUITO BEM, ACERTOU. PODE SENTAR.

O LOUCO VEM AÍ
UM HOMEM PASSOU PERTO DE UM HOSPÍCIO E UM LOUCO, QUE HAVIA FUGIDO, COMEÇOU A CORRER ATRÁS DELE. DEPOIS DE TER PERCORRIDO O QUARTEIRÃO INTEIRO, O HOMEM PAROU E PERGUNTOU:
— O QUE VOCÊ QUER DE MIM?
O LOUCO SE APROXIMOU, TOCOU NO HOMEM E DISSE:
— PEGUEI! AGORA ESTÁ COM VOCÊ.

NO LABORATÓRIO
O CIENTISTA FALA PARA UM COLEGA:
— INVENTEI UMA PÍLULA QUE MATA A SEDE.
— NOSSA! E COMO ELA FUNCIONA?
— É SÓ TOMAR A PÍLULA COM DOIS COPOS DE ÁGUA.

AULA DE LITERATURA
O PROFESSOR PERGUNTA PARA A CLASSE:
— O QUE É UMA AUTOBIOGRAFIA?
UM DOS ALUNOS RESPONDE:
— EU SEI, EU SEI! É A HISTÓRIA DA VIDA DE UM CARRO!

CAPA EMPRESTADA

DOIS IRMÃOS SE ENCONTRARAM NA FILA DO CINEMA, NUMA NOITE CHUVOSA.
— QUE NEGÓCIO É ESSE DE USAR MINHA CAPA? — DIZ O MAIS VELHO.
O CAÇULA RESPONDE:
— VOCÊ NÃO IA QUERER QUE EU MOLHASSE SEU TERNO NOVO, NÃO É?

ACIDENTE

UM HOMEM ESTAVA INDO PARA O TRABALHO QUANDO UM PASSARINHO BATEU EM SUA MOTO E DESMAIOU.
O MOTOQUEIRO PENSOU: "COITADO! SE ELE FICAR AQUI, VAI MORRER".
E LEVOU O PASSARINHO PARA CASA, COLOCOU-O EM UMA GAIOLA COM ÁGUA, COMIDA E FOI TRABALHAR.
MAIS TARDE, O PASSARINHO ACORDOU, OLHOU EM VOLTA E DISSE ASSUSTADO:
— XI! MATEI O MOTOQUEIRO E FUI PRESO!

A SORTE DO LOUCO

O LOUCO VÊ UMA MÁQUINA DE REFRIGERANTE E FICA MARAVILHADO. COLOCA UMA FICHINHA E CAI UMA LATINHA. COLOCA DUAS FICHINHAS E CAEM DUAS LATINHAS. COLOCA DEZ FICHINHAS E CAEM DEZ LATINHAS. ENTÃO, ELE VAI AO CAIXA E PEDE 50 FICHINHAS. O CAIXA COMENTA:
— DESSE JEITO, O SENHOR VAI ACABAR COM AS MINHAS FICHAS!
— NÃO VOU PARAR ENQUANTO ESTIVER GANHANDO.

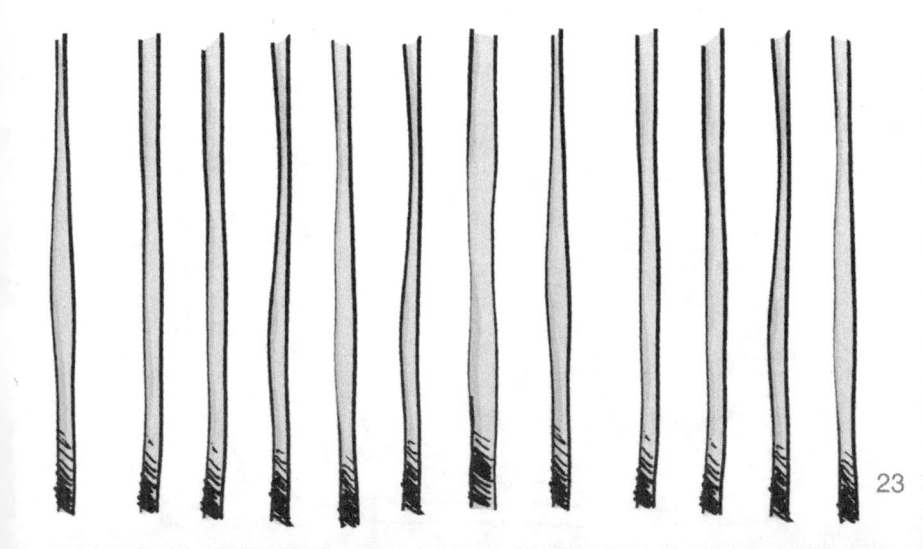

FAZENDO CONTA

PROFESSORA, A SENHORA É ESPERTA?
— SIM.
— UM MAIS UM É IGUAL A DOIS, CERTO?
E DOIS MAIS DOIS É IGUAL A QUATRO, CERTO?
ELA RESPONDEU:
— CERTO.
— QUAL FOI A PRIMEIRA PERGUNTA QUE EU FIZ?
— QUANTO É UM MAIS UM, ORA!
— NÃO, ERROU. EU PERGUNTEI: "A SENHORA É ESPERTA?"

ALUNO CHORÃO

DEPOIS DE TIRAR UMA NOTA BAIXA, O ALUNO COMEÇOU A CHORAR.
A PROFESSORA DISSE:
— NÃO CHORE. VOCÊ É UM GAROTO MUITO BONITO E SE CONTINUAR CHORANDO VAI FICAR FEIO QUANDO CRESCER.
ELE RESPONDEU:
— ENTÃO, A SENHORA DEVE TER CHORADO MUITO QUANDO ERA MENINA, NÃO É MESMO?

PIADA DESCONHECIDA
O MENINO PERGUNTOU AO PAI:
— O SENHOR CONHECE A PIADA DO VIAJANTE?
— NÃO CONHEÇO.
— AH! QUANDO ELE VOLTAR, EU CONTO.

PEDIDO IMPOSSÍVEL
A MÃE PEGA O FILHO REZANDO.
— FILHO, ESTÁ REZANDO PARA QUÊ?
— PARA O RIO AMAZONAS IR PARA O ESTADO DE GOIÁS.
— IMPOSSÍVEL. O RIO JÁ TEM SEU LUGAR CERTO.
— MAS FOI ISSO QUE EU ESCREVI NA PROVA DE GEOGRAFIA.

PAI CORUJA
UM PAI, EMPOLGADO COM O NASCIMENTO DE SEU PRIMEIRO FILHO, DIZ A UM AMIGO:
— ELE TEM OS MEUS OLHOS, A MINHA BOCA E UM QUEIXO IGUALZINHO AO MEU.
— NÃO SE PREOCUPE. COM O TEMPO, ELE MELHORA!

AULA DE GRAMÁTICA
A PROFESSORA DIZ AO ALUNO:
— SE EU DIGO "EU ERA BONITA", É PASSADO. SE EU DIGO "EU SOU BONITA", O QUE É?
ELE RESPONDE:
— É MENTIRA.

NAMORADO SINCERO
A NAMORADA PERGUNTOU PARA O NAMORADO:
— O QUE VOCÊ PREFERE: UMA MULHER BONITA OU UMA MULHER INTELIGENTE?
— NENHUMA DAS DUAS. VOCÊ SABE QUE EU SÓ GOSTO DE VOCÊ.

LOUCO EM FUGA
UM LOUCO SAIU DO HOSPÍCIO, PAROU UM TÁXI E PERGUNTOU AO MOTORISTA:
— O SENHOR ESTÁ LIVRE?
— ESTOU.
— ENTÃO, VIVA A LIBERDADE!

NO DIA DAS MÃES

A PROFESSORA PEDIU PARA OS ALUNOS ESCREVEREM UMA REDAÇÃO QUE TIVESSE A FRASE: "MÃE TEM UMA SÓ"! CADA UM FEZ O SEU TEXTO. UNS ELOGIAVAM AS MÃES, OUTROS CONTAVAM UMA HISTÓRIA, TODOS USANDO A FRASE DE UM JEITO CARINHOSO.
SÓ FALTAVA CONHECER A REDAÇÃO DO JOÃOZINHO E ELE COMEÇOU A LER:
— TINHA UMA FESTA LÁ EM CASA. MINHA MÃE PEDIU PARA EU BUSCAR DUAS GARRAFAS DE REFRIGERANTE NA COZINHA.
EU ABRI A GELADEIRA E FALEI:
— "MÃE, TEM UMA SÓ!"

CONFUSÃO ENTRE VIZINHOS

O VIZINHO IRRITADO RECLAMA COM A VIZINHA:
— QUER FAZER O FAVOR DE PEDIR AO SEU FILHO QUE PARE DE ME IMITAR?
A MULHER FALA PARA O FILHO:
— EU JÁ DISSE PARA VOCÊ PARAR DE BANCAR O BOBO.

PARA NÃO ROER UNHA
DUAS AMIGAS SE ENCONTRAM NA RUA E UMA FALA PARA A OUTRA:
— ATÉ QUE ENFIM, CONSEGUI ACABAR COM O VÍCIO DO MEU PAI DE ROER AS UNHAS.
— E COMO VOCÊ FEZ ISSO?
— FOI FÁCIL. ESCONDI A DENTADURA DELE.

ARMÁRIO PESADO
UM AMIGO VÊ O OUTRO CARREGANDO UM ARMÁRIO NAS COSTAS.
— EI, VOCÊ FICOU MALUCO? ESSE ARMÁRIO É MUITO PESADO. É PRECISO DUAS PESSOAS PARA CARREGÁ-LO.
— MAS NÓS ESTAMOS EM DOIS. O MEU CUNHADO ESTÁ AQUI DENTRO SEGURANDO OS CABIDES.

NO CONSULTÓRIO
O MÉDICO PERGUNTA AO PACIENTE:
— O SENHOR TOMOU O REMÉDIO QUE EU RECEITEI?
— IMPOSSÍVEL, DOUTOR. O VIDRO TINHA UM RÓTULO QUE DIZIA "CONSERVE FECHADO".

SURPRESA

UM RAPAZ CONHECEU UMA MOÇA MUITO BONITA E QUIS FAZER UMA SURPRESA PARA ELA. LEVOU A MOÇA PARA ADMIRAR A CIDADE DO TOPO DE UMA MONTANHA E DISSE:
– OLHA COMO É BONITO LÁ EMBAIXO!
— AH! MAS SE É TÃO BONITO LÁ EMBAIXO, POR QUE VOCÊ ME TROUXE AQUI EM CIMA?

O BALÉ

A FILHA PERGUNTA PARA O PAI:
— E ENTÃO? COMO FOI O BALÉ QUE O SENHOR E A MAMÃE VIRAM ONTEM?
—AH! OS BAILARINOS ERAM MUITO EDUCADOS. VIRAM QUE EU ESTAVA DORMINDO E DANÇARAM O TEMPO TODO NA PONTINHA DOS PÉS.

NO TEATRO

UM RAPAZ METIDO A GALÃ TINHA UM AMIGO DIRETOR DE TEATRO E VIVIA PEDINDO PARA PARTICIPAR DE ALGUMA PEÇA. UM DIA, O DIRETOR CONCORDOU E AVISOU:
— VOCÊ SÓ VAI TER UMA FALA. QUANDO O OUTRO ATOR ACENDER O ISQUEIRO E QUEIMAR O PAPEL, VOCÊ DIZ: "HUM! QUE CHEIRO DE PAPEL QUEIMADO!" NO DIA DA PEÇA, NA HORA DE QUEIMAR O PAPEL, O OUTRO ATOR ESQUECEU O ISQUEIRO. O GALÃ IMPROVISOU, RASGOU O PAPEL E DISSE:
— HUM! QUE CHEIRO DE PAPEL RASGADO!

MALUQUICE NO CINEMA

O LOUCO FOI AO CINEMA ASSISTIR A UMA COMÉDIA E FICOU SENTADO NA ÚLTIMA POLTRONA. O LANTERNINHA SE APROXIMOU E AVISOU QUE TINHA OUTROS LUGARES MAIS À FRENTE.
O LOUCO AGRADECEU:
— NÃO, OBRIGADO. EU SÓ VIM CONFERIR SE QUEM RI POR ÚLTIMO RI MELHOR.

LIÇÃO DE CASA
A PROFESSORA PERGUNTOU PARA O ALUNO:
— POR QUE VOCÊ NÃO FEZ A LIÇÃO DE CASA?
— PORQUE EU MORO EM APARTAMENTO, PROFESSORA.

TOMATES
DOIS TOMATES FORAM ATRAVESSAR A RUA.
DE REPENTE, UM OLHA PRO OUTRO E AVISA:
— OLHA O CARRO! PUF!
— ONDE? PUF!

ESCOLA PRA GAGOS
UM RAPAZ ESTAVA PASSANDO PELA RUA QUANDO UM GAGO LHE PERGUNTOU:
— PO-PODERIA ME INFORMAR O-ONDE EN-EN-EN-ENCONTRO A ESCOLA PRA GA-GA-GOS?
O RAPAZ RESPONDEU:
— NOSSA! PRA QUE VOCÊ QUER ENTRAR NUMA ESCOLA PRA GAGOS? VOCÊ JÁ GAGUEJA TÃO BEM!

FILHO CURIOSO
O GAROTO PERGUNTA PARA A MÃE:
— MAMÃE, POR QUE TODO DIA A SENHORA PENTEIA O CABELO E PASSA BATOM?
— AH, MEU FILHO, É PARA FICAR MAIS BONITA.
— E POR QUE É QUE A SENHORA NÃO FICA?

PISCA-PISCA DO CARRO
O RAPAZ FOI VERIFICAR SE A LÂMPADA DO PISCA-PISCA TRASEIRO DO CARRO ESTAVA QUEIMADA E PEDIU A AJUDA DA NAMORADA. ELA FOI ATRÁS DO CARRO E O NAMORADO PERGUNTOU:
— ESTÁ FUNCIONANDO?
— ESTÁ. NÃO ESTÁ. ESTÁ. NÃO ESTÁ...

O ELEFANTE
UM GAROTO PERGUNTA PARA O OUTRO:
— VOCÊ JÁ VIU UM ELEFANTE ESCONDIDO ATRÁS DE UMA ÁRVORE?
— NÃO.
— VIU COMO ELE SE ESCONDE BEM?

GATO SABIDO

UM HOMEM NÃO QUERIA MAIS O GATO QUE TINHA. COLOCOU O GATO NO CARRO, LEVOU PARA LONGE E SOLTOU NA RUA.
QUANDO CHEGOU EM CASA, O GATO ESTAVA DEITADO NO SOFÁ. PEGOU O GATO E LEVOU DE NOVO, DESTA VEZ PARA UM LUGAR MAIS LONGE. QUANDO VOLTOU, LÁ ESTAVA ELE NO SOFÁ. IRRITADO LEVOU O BICHANO EMBORA PARA UM LUGAR MUITO LONGE. DUAS HORAS DEPOIS, O HOMEM TELEFONA PRA CASA:
— O GATO VOLTOU?
— VOLTOU. ESTÁ AQUI.
— PÕE ELE NO TELEFONE PARA ME EXPLICAR O CAMINHO DE CASA, PORQUE ESTOU PERDIDO!

TELEFONEMA

A MÃE ESTÁ OCUPADA RECEBENDO A VISITA DE UMA VELHA AMIGA. O TELEFONE TOCA E A MÃE PEDE PARA O FILHO ATENDER.
O MENINO ATENDE E AVISA BEM ALTO:
— MAMÃE, É O PAPAI! ELE QUER SABER SE JÁ PODE VOLTAR PRA CASA OU SE A DONA MAROCAS FOFOQUEIRA AINDA ESTÁ AQUI.

O FOTÓGRAFO
A MENINA PERGUNTOU PARA A MÃE:
— MAMÃE, A SENHORA SABE QUAL É O SEGREDO DO FOTÓGRAFO?
— EU NÃO. QUAL É?
— QUANDO ELE REVELAR, EU TE CONTO.

PROFISSÕES
TRÊS HOMENS ESTAVAM DISCUTINDO QUAL ERA A PROFISSÃO MAIS ANTIGA QUE EXISTE.
O MARCENEIRO FALOU:
— QUEM VOCÊS ACHAM QUE FEZ A ARCÁ DE NOÉ?
O JARDINEIRO DISSE:
— E QUEM VOCÊS ACHAM QUE REGOU O JARDIM DO ÉDEN?
FOI QUANDO CHEGOU A VEZ DO ELETRICISTA:
— QUANDO DEUS DISSE "FAÇA-SE A LUZ", QUEM VOCÊS PENSAM QUE PASSOU A FIAÇÃO?

A MOSCA NA SOPA
O FREGUÊS RECLAMA:
— GARÇOM, TEM UMA MOSCA NA MINHA SOPA! O QUE SIGNIFICA ISSO?
O GARÇOM RESPONDE:
— SINTO MUITO! EU SOU PAGO PARA SERVIR COMIDA, NÃO PARA ADIVINHAR O FUTURO.

A NATUREZA É SÁBIA

A PROFESSORA EXPLICA PARA OS ALUNOS:
— A NATUREZA SEMPRE DÁ UMA COMPENSAÇÃO. SE UMA PESSOA PERDE A VISÃO DE UM OLHO, O OUTRO PASSA A ENXERGAR MUITO MAIS. SE DEIXA DE OUVIR DE UM OUVIDO, A AUDIÇÃO DO OUTRO MELHORA.
UM ALUNO CONCORDA:
— A SENHORA TEM RAZÃO. EU JÁ PERCEBI QUE, QUANDO UM HOMEM TEM UMA PERNA MAIS CURTA, A OUTRA PERNA SEMPRE É MAIS COMPRIDA.

BARATAS

UM HOMEM FOI AO SUPERMERCADO E PEDIU UM QUILO DE NAFTALINA. DEPOIS DE MEIA HORA, ELE VOLTOU E PEDIU MAIS CINCO QUILOS. UMA HORA DEPOIS, COMPROU MAIS DEZ QUILOS DE NAFTALINA.
O CAIXA NÃO AGUENTOU A CURIOSDADE:
— PARA QUE TANTA NAFTALINA? UM PACOTE JÁ SERIA MUITO!
— BEM, EU NÃO TENHO BOA PONTARIA PARA ACERTAR AS BARATAS.

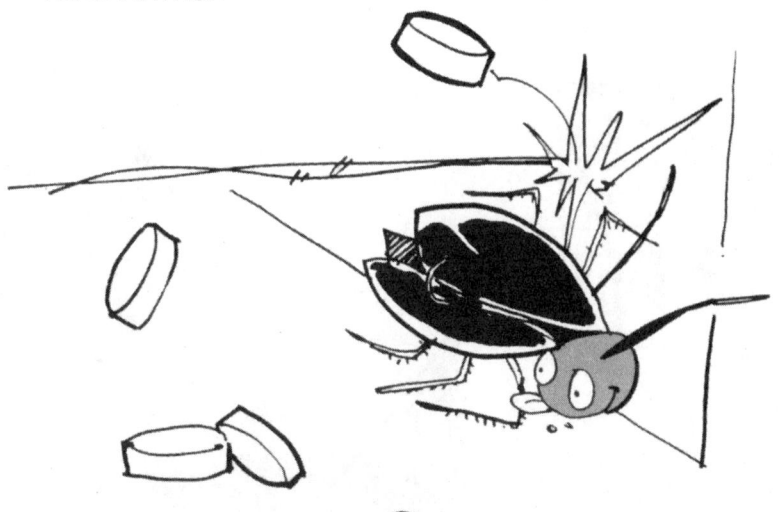

NO TREM

UMA MULHER DESCE DO TREM E UM PASSAGEIRO AVISA:
— A SENHORA ESQUECEU UM PACOTE NO ASSENTO.
— EU SEI.
— MAS A SENHORA NÃO VAI LEVAR O PACOTE?
— NÃO. É UM SANDUÍCHE QUE ESTOU DEIXANDO PARA O MEU FILHO. ELE TRABALHA NA SEÇÃO DE "ACHADOS E PERDIDOS".

NO TELEFONE

UM HOMEM LIGOU PARA O HOSPÍCIO.
QUANDO ATENDERAM, ELE PERGUNTOU:
— ALÔ, É DO HOSPÍCIO?
E O LOUCO RESPONDEU:
— NÃO, AQUI NEM TEM TELEFONE.

NA BIBLIOTECA

UM LADRÃO CHEGA NA BIBLIOTECA E DIZ:
— A BOLSA OU A VIDA!
A BIBLIOTECÁRIA PERGUNTA:
— QUAL É O AUTOR?

A VISITA

A MÃE ESTAVA RECEBENDO A VISITA DE UMA AMIGA E O FILHO MAIS NOVO ESTAVA SENTADO, OUVINDO A CONVERSA. A VISITA COMENTOU:
— QUE GRACINHA! VOCÊ É SEMPRE ASSIM TÃO BEM-COMPORTADO?
— NÃO, SENHORA. É QUE A MAMÃE ME PAGA UM SORVETE QUANDO EU FICO QUIETO EM DIA DE VISITA.

FRANGO MALPASSADO

O RAPAZ VAI A UM RESTAURANTE E PEDE UM FRANGO. A COMIDA VEM E LOGO DEPOIS ELE CHAMA O GARÇOM PARA RECLAMAR:
— ESTE FRANGO ESTÁ MALPASSADO!
E O GARÇOM PERGUNTA:
— COMO É QUE O SENHOR SABE DISSO SE NEM TOCOU NO FRANGO?
— É QUE ELE COMEU TODO O MILHO DA MINHA SALADA.

A COBRANÇA

O DONO DO MERCADINHO FOI ATÉ A CASA DE UM FREGUÊS PARA RECEBER A CONTA. UM MENINO VEIO ATENDER À PORTA.
— VOCÊ PODE CHAMAR O SEU PAI?, PEDIU O COMERCIANTE.
— MEU PAI NÃO ESTÁ, RESPONDEU O MENINO.
— COMO NÃO ESTÁ? EU O VI NA JANELA QUANDO CHEGUEI!
— É, ELE TAMBÉM VIU O SENHOR E, POR ISSO, DESAPARECEU.

PEDREIROS PERDIDOS

DOIS PEDREIROS BRASILEIROS FORAM CONTRATADOS PARA CONSTRUIR UMA CASA NOS ESTADOS UNIDOS. DURANTE A VIAGEM HOUVE UM PROBLEMA NO AVIÃO E O PILOTO TEVE DE ATERRISSAR NO DESERTO.
QUANDO OS PEDREIROS AVISTARAM A PAISAGEM COM TODA AQUELA AREIA, UM DELES FALOU:
— VIXI! A HORA QUE CHEGAR O CIMENTO, A GENTE ESTÁ PERDIDO.

AULA DE BOAS MANEIRAS

A PROFESSORA PERGUNTA PARA UM DOS ALUNOS:
— IMAGINE QUE SOMOS CONVIDADOS PARA ALMOÇAR NA CASA DE UM AMIGO. DEPOIS QUE ACABOU O ALMOÇO, O QUE DEVEMOS DIZER?
O ALUNO RESPONDE:
— CADÊ A SOBREMESA?

A MORTADELA

HAVIA UM MENINO CHAMADO JESUS QUE SÓ SAÍA ACOMPANHADO DE SUA MÃE. UM DIA, A MÃE DELE ESTAVA OCUPADA E PEDIU PARA JESUS BUSCAR MORTADELA NA PADARIA.
— MAS, MÃE, ONDE É A PADARIA?
— ONDE TIVER MAIS GENTE NA PORTA VOCÊ PODE ENTRAR QUE É A PADARIA.
O MENINO VIU A IGREJA CHEIA E ACHOU QUE FOSSE ALI. ENTROU E OUVIU O PADRE PERGUNTAR:
— O QUE JESUS VEIO FAZER AQUI NA TERRA? E JESUS RESPONDEU BEM ALTO:
— COMPRAR MORTADELA!

BRINCADEIRA NA LAMA

UMA MÃE CONVERSA COM OUTRA:
— OS MENINOS ESTAVAM TÃO SUJOS QUE PRECISEI DAR UM BANHO EM QUATRO DELES PARA PODER SABER QUAL ERA O MEU FILHO.

A REUNIÃO

O MENINO AVISA AO PAI:
—AMANHÃ TEM REUNIÃO DA ASSOCIAÇÃO DE PAIS E PROFESSORES. SÓ QUE ESSA SERÁ DIFERENTE: SÓ PRECISAM IR O SENHOR, MINHA PROFESSORA E A DIRETORA DA ESCOLA.

MAMÃE CANGURU

O CANGURU ESTAVA SALTANDO QUANDO PAROU E COÇOU A BOLSA. CONTINUOU SALTANDO, FRANZIU A TESTA E COÇOU A BOLSA. NA TERCEIRA VEZ, PUXOU O FILHOTE DE DENTRO DA BOLSA E DISSE:
— JÁ FALEI QUE NÃO É PRA VOCÊ COMER BOLACHA NA CAMA!

PERGUNTINHAS

O MENINO PERGUNTA PARA O COLEGA:
— COMO SE FAZ PARA COLOCAR UM ELEFANTE NA GELADEIRA?
— NÃO SEI.
— ABRE A GELADEIRA E COLOCA ELE LÁ.
E COMO SE FAZ PARA COLOCAR UMA GIRAFA NA GELADEIRA?
—AH! AGORA EU SEI. ABRE A GELADEIRA E COLOCA ELA LÁ.
— NÃO. PRIMEIRO TEM DE TIRAR O ELEFANTE QUE ESTÁ LÁ DENTRO E DEPOIS COLOCAR A GIRAFA. AGORA, ME DIGA: O LEÃO FEZ UMA FESTA.
FORAM TODOS OS BICHOS, MENOS UM. QUEM FALTOU?
— COMO VOU SABER?
— A GIRAFA. ELA AINDA ESTAVA NA GELADEIRA. E COMO É QUE SE FAZ PARA ATRAVESSAR UM RIO ONDE MORAM MUITOS JACARÉS?
— EU SEI LÁ.
— PODE IR NADANDO. OS JACARÉS ESTÃO NA FESTA DO LEÃO.

NOTAS DE ARREPIAR
O PAI DIZ PARA O FILHO:
— ME DEIXE VER O SEU BOLETIM.
— NÃO ESTÁ COMIGO.
— COMO NÃO ESTÁ COM VOCÊ?
— É QUE EU EMPRESTEI PARA UM AMIGO QUE ESTAVA QUERENDO ASSUSTAR O PAI DELE.

NO SÍTIO
UMA PESQUISADORA DO IBGE VAI A UM SITIOZINHO NO INTERIOR E PERGUNTA:
— ESSA TERRA DÁ MANDIOCA?
— NÃO, SENHORA, RESPONDE O CAIPIRA.
— DÁ BATATA?
— TAMBÉM NÃO, SENHORA!
— DÁ FEIJÃO?
— NUNCA DEU!
— ARROZ?
— DE JEITO NENHUM!
— MILHO?
— NEM BRINCANDO!
— QUER DIZER QUE POR AQUI NÃO ADIANTA PLANTAR NADA?
—AH! SE PLANTAR, É DIFERENTE...

TATARAVÔ

— MÃE, MEU AMIGO ME DISSE QUE ELE TEM UM TA-TA-TA-RA-VÔ!
— ESSE SEU AMIGO É UM MENTIROSO, MEU FILHO!
— NÃO, MÃE, ELE É GAGO...

NA ESCOLA

A PROFESSORA PERGUNTA AO ALUNO:
— ONDE SÃO ENCONTRADOS OS ELEFANTES?
ELE PENSA UM POUCO E RESPONDE:
— ELES SÃO BICHOS TÃO GRANDES QUE ACHO IMPOSSÍVEL ALGUÉM PERDER UM.

QUADROS REALISTAS

DOIS AMIGOS CONVERSAM NA RUA:
— NA MINHA CASA TEM UM QUADRO DE UM CACHO DE UVAS TÃO BEM PINTADO QUE OS PÁSSAROS CHEGAM A VIR BICÁ-LO.
— POIS EU TENHO UM QUADRO AINDA MELHOR.
ELE REPRESENTA UM CÃO TÃO PERFEITO QUE AS AUTORIDADES ME OBRIGAM A VACINÁ-LO.

FESTA NO CÉU

OS BICHOS FIZERAM UMA FESTA NO CÉU.
QUANDO O BAILE IA COMEÇAR, DESCOBRIRAM QUE FALTAVA A GUITARRA. O LEÃO ORDENOU:
— BICHO-PREGUIÇA! — VÁ BUSCAR A GUITARRA LÁ NA TERRA!
UMA SEMANA SE PASSOU E NADA DO BICHO VOLTAR. OS ANIMAIS FORAM RECLAMAR COM O LEÃO:
— ISSO JÁ É DEMAIS! QUE FALTA DE CONSIDERAÇÃO!
— DISSE A GIRAFA.
— O BICHO-PREGUIÇA PASSOU DOS LIMITES! — FALOU O TATU.
E FICARAM NUMA DISCUSSÃO QUANDO, DE REPENTE, A PORTA SE ABRIU E SURGIU O BICHO-PREGUIÇA MUITO TRISTE:
— SE VOCÊS CONTINUAREM FALANDO MAL DE MIM, EU NÃO VOU MAIS!

NO ZOOLÓGICO

A MULHER PERGUNTOU AO GAGO:
— VOCÊ GOSTA DE FOFOCA?
— N-NÃO EU PRE-PREFIRO PIN-PINGUIM.

O CAIPIRA E A TV

O CAIPIRA ESTAVA TRANQUILO, DEITADO NA SALA ASSISTINDO À TELEVISÃO, QUANDO O SEU COMPADRE PASSOU E ACENOU PELA JANELA:
— BOM DIA, COMPADRE... FIRME?
— NÃO. POR ENQUANTO TÁ PASSANDO FUTEBOR...

RESPOSTA DISTRAÍDA

O PAI ESTAVA CONCENTRADO ASSISTINDO AO SEU PROGRAMA DE TELEVISÃO FAVORITO, QUANDO O FILHO, QUE FAZIA O DEVER DE CASA, PERGUNTOU:
— PAPAI, ONDE ESTÃO OS ALPES SUÍÇOS?
— PERGUNTE A SUA MÃE. ELA É QUEM GUARDA TUDO NESTA CASA.

PRIMEIRA AULA

O MENINO VOLTOU DE SEU PRIMEIRO DIA DE AULA E O PAI QUIS SABER COMO TINHA SIDO.
O FILHO RESPONDEU IRRITADO:
— NÃO VOLTO MAIS LÁ.
— POR QUE, MEU FILHO?
— NÃO SEI LER, NÃO SEI ESCREVER E NÃO ME DEIXAM FALAR DE JEITO NENHUM. O QUE É QUE VOU FAZER LÁ?

MAIS SOBRE ELEFANTE

O ALUNO PERGUNTA PARA A PROFESSORA:
— PROFESSORA, O QUE É UM ELEFANTE EM CIMA DE UMA ÁRVORE?
— NÃO TENHO IDEIA.
— É UM ELEFANTE A MENOS NA TERRA. E O QUE SÃO DOIS ELEFANTES EM CIMA DE UMA ÁRVORE?
— ORAS, SÃO DOIS A MENOS NA TERRA?
— NÃO. É UM A MAIS NA ÁRVORE.

O CAIPIRA NA RODOVIÁRIA

O CAIPIRA VAI À RODOVIÁRIA PARA COMPRAR PASSAGEM:
— QUERO UMA PASSAGEM PARA O ESBUI.
— NÃO ENTENDI, O SENHOR PODE REPETIR?
— QUERO UMA PASSAGEM PARA O ESBUI!
— SINTO MUITO, SENHOR, NÃO TEMOS PASSAGEM PARA O ESBUI.
CHATEADO, O CAIPIRA SE AFASTA DO GUICHÊ, APROXIMA-SE DO AMIGO QUE ESPERA DE LONGE E LAMENTA:
— OLHA, ESBUI, O HOMEM FALOU QUE PRA VOCÊ NÃO TEM PASSAGEM, NÃO!

DESORDEM
O GAROTO ENTRA NO SEU QUARTO E ENCONTRA TUDO LIMPO E ARRUMADO.
MAS NÃO GOSTA NEM UM POUCO:
— QUERO SABER QUEM ANDOU FAZENDO BAGUNÇA NO MEU QUARTO!

ALUNO GAGO
O PAI LEVA O FILHO GAGO PARA O PRIMEIRO DIA DE AULA NA ESCOLA. O DIRETOR PERGUNTA:
— O SEU FILHO GAGUEJA SEMPRE?
— NÃO, SENHOR. SÓ QUANDO FALA.

NOVIDADE
A MÃE CHEGA EM CASA E O FILHO CORRE PARA CONTAR AS NOVIDADES:
— MÃE, SABE O NOSSO CACHORRO, O BOLÃO? ELE PASSOU O DIA BRINCANDO NA LAMA E FICOU TODO LAMBUZADO. ADIVINHE SÓ O QUE ACONTECEU QUANDO ELE ENTROU NO SEU QUARTO E SUBIU NA SUA CAMA FORRADA COM OS COBERTORES DE SEDA BRANCA!

LIÇÃO DE CASA

A PROFESSORA ESTÁ RECOLHENDO A LIÇÃO DE CASA E DIZ PARA O ALUNO:
— TODOS OS SEUS COLEGAS FIZERAM UMA REDAÇÃO COM MAIS DE TRÊS PÁGINAS SOBRE O LEITE E VOCÊ SÓ ESCREVEU CINCO LINHAS?
— É QUE EU ESCREVI SOBRE O LEITE CONDENSADO, PROFESSORA.

GRAMÁTICA

O ALUNINHO DO PRÉ-PRIMÁRIO AVISA A PROFESSORA:
— EU NÃO TEM LÁPIS, POFESSOLA!
— NÃO É ASSIM QUE SE FALA. O CERTO E "EU NÃO TENHO LÁPIS", "TU NÃO TENS LÁPIS", "ELE NÃO TEM LÁPIS", "NÓS NÃO TEMOS LÁPIS", "VÓS NÃO TENDES LÁPIS" E "ELES NÃO TÊM LÁPIS", ENTENDEU?
— NÃO! ONDE É QUE FORAM PARAR TODOS ESSES LÁPIS?

ADIVINHAÇÃO

NO JARDIM DE INFÂNCIA, A PROFESSORA CERCADA DE MENINOS E MENINAS FAZENDO A MAIOR ALGAZARRA É CUTUCADA POR UM DELES:
— PROFESSORA, ADIVINHA O QUE ACONTECEU COM O JOÃOZINHO, O ESTILINGUE DELE E OS VIDROS DA JANELA DA SECRETARIA!

POBRE HOMEM

DEPOIS DE SER A MAIOR ATRAÇÃO DO ZOOLÓGICO DURANTE 20 ANOS, O ELEFANTE MORRE. AO LADO DELE, UM HOMEM CHORA SEM PARAR.
UMA MULHER QUE ESTAVA PASSANDO DIZ:
— COITADO! AQUELE DEVE SER O HOMEM QUE CUIDAVA DO ELEFANTE. ELE DEVIA GOSTAR MUITO DELE.
E O MARIDO DA MULHER RESPONDE:
— QUE NADA! ESSE É O HOMEM QUE TEM QUE CAVAR A COVA PARA ENTERRAR O ELEFANTE!

ALIMENTAÇÃO SAUDÁVEL

A PROFESSORA EXPLICA:
— PARA TERMOS UMA ALIMENTAÇÃO SAUDÁVEL, É IMPORTANTE SABERMOS O VALOR NUTRITIVO DOS ALIMENTOS. POR EXEMPLO, O PÃO É UM ALIMENTO QUE ENGORDA.
UM DOS ALUNOS NÃO CONCORDA:
— ISSO ESTÁ ERRADO, PROFESSORA. O PÃO NÃO ENGORDA. QUEM COME O PÃO É QUE ENGORDA.

OS PEIXINHOS

NO MATERNAL, UMA MENINA CHEGA CORRENDO E AVISA:
— PROFESSORA, TEM UMA GAROTINHA OLHANDO OS PEIXINHOS LÁ NO TANQUE DO PARQUE.
A PROFESSORA FALA:
— TUDO BEM, OLHAR OS PEIXINHOS NÃO TEM PROBLEMA.
— MAS, PROFESSORA, É MELHOR A SENHORA IR LOGO, PORQUE ELA ESTÁ DEBAIXO DA ÁGUA, JUNTO COM OS PEIXES.

O SÍTIO

O CAIPIRA COMPROU UM SÍTIO EM UM GRANDE MATAGAL. COMEÇOU A TRABALHAR SOZINHO: CARPIU, AROU, CONSTRUIU UM GALINHEIRO, UM POMAR, FEZ A HORTA E UMA LINDA CASINHA. UM DIA, O PADRE APARECEU NO SÍTIO DO CAIPIRA E COMENTOU:
— QUE BELO TRABALHO VOCÊS FIZERAM AQUI!
— "OCEIS"? — PERGUNTOU O CAIPIRA.
— SIM, VOCÊ E DEUS!
— É VERDADE! MAS O SINHÔ PRECISAVA VÊ COMO ISSO TAVA NA ÉPOCA QUE ELE CUIDAVA SOZINHO!

BOM COMPORTAMENTO

O MENINO CHEGA DE UMA FESTA DE ANIVERSÁRIO E AVISA A MÃE:
— TENHO UMA BOA NOTÍCIA! SABE AQUELES 10 REAIS QUE A SENHORA PROMETEU SE EU ME COMPORTASSE COMO UM ANJINHO NA FESTA? ENTÃO, A SENHORA ACABA DE ECONOMIZAR ESSE DINHEIRO.

O DINHEIRO

PARA MOSTRAR AO FILHO O VALOR DO DINHEIRO E TENTAR DIMINUIR SUAS DESPESAS, A MÃE ENSINOU O MENINO A ESCREVER UMA LISTA DE TUDO O QUE GASTAVA COM A SUA MESADA. UM DIA, ENQUANTO ANOTAVA AS SUAS CONTAS, O GAROTO DISSE:
— SABE, MAMÃE, DESDE QUE COMECEI A ANOTAR TUDO O QUE GASTO, SEMPRE PENSO ANTES DE COMPRAR.
A MÃE FICOU TODA CONTENTE, ATÉ QUE O FILHO COMPLETOU:
— NUNCA COMPRO NADA QUE SEJA DIFÍCIL DE ESCREVER.

TESTE PARA LOCUTOR

UM LOCUTOR FOI FAZER UM TESTE PARA TRABALHAR EM RÁDIO.
CHEGANDO LÁ, A RECEPCIONISTA PERGUNTOU:
— QUAL O SEU NOME?
— JOSÉ-SÉ-SÉ DA SI-SI-SI-SILVA.
— ME DESCULPE, SENHOR. MAS O TESTE É PARA LOCUTOR E O SENHOR É GAGO.
— NÃO, SENHORITA. EU NÃO SOU GAGO. O MEU PAI ERA GAGO E O ESCRIVÃO DO CARTÓRIO ANOTOU MEU NOME CONFORME ELE DITOU.

PONTARIA

A MÃE PERGUNTA AO FILHO:
— POR QUE VOCÊ JOGOU TOMATES NAQUELE MENINO?
— AH, MÃE! FOI ELE QUEM COMEÇOU!
— E POR QUE VOCÊ NÃO ME CHAMOU?
— A SENHORA NÃO É BOA DE PONTARIA. NÃO IA ACERTAR NENHUM.

O MÁGICO E O PAPAGAIO

UM MÁGICO TRABALHAVA NUM NAVIO. O PAPAGAIO DO COMANDANTE VIA TODOS OS ESPETÁCULOS DO MÁGICO E CONTAVA PARA A PLATEIA COMO ERAM OS TRUQUES. A CADA TRUQUE ELE GRITAVA:
— O COELHO ESTÁ NA CARTOLA!
— TODAS AS CARTAS SÃO DE ESPADA!
O PÚBLICO MORRIA DE RIR E O MÁGICO FICAVA NERVOSO.
UM DIA, TEVE UMA TEMPESTADE E O NAVIO AFUNDOU. O MÁGICO E O PAPAGAIO SOBREVIVERAM E FICARAM FLUTUANDO EM UM PEDAÇO DE MADEIRA. DEPOIS DE DIAS SEM TROCAR UMA PALAVRA, O PAPAGAIO DISSE:
— ESTÁ BEM, EU DESISTO. COMO VOCÊ FEZ O NAVIO DESAPARECER?

NA ESTRADA

UM TURISTA PAROU PARA ABASTECER À BEIRA DA ESTRADA E FOI AVISADO PELO FUNCIONÁRIO DO POSTO:
— O SENHOR É A ÚLTIMA PESSOA QUE VAI PAGAR O PREÇO ANTIGO.
ANIMADO, O TURISTA PEDIU PARA ENCHER O TANQUE.
NA HORA DE PAGAR, ELE PERGUNTOU:
— E PARA QUANTO SUBIU O COMBUSTÍVEL?
— NÃO SUBIU, NÃO, SENHOR. DESCEU 15%.

AULA DE MATEMÁTICA

A PROFESSORA PERGUNTA PARA O ALUNO:
— TENHO SETE LARANJAS NESTA MÃO E OITO LARANJAS NA OUTRA. O QUE É QUE EU TENHO?
— MÃOS GRANDES!

CONVERSA DE LOUCOS

DOIS LOUCOS SE ENCONTRARAM NO CORREDOR DO HOSPÍCIO:
— EI! O SEU NOME É FERNANDO?
— NÃO.
— O MEU TAMBÉM NÃO!
— ENTÃO, SOMOS XARÁS! TOCA AQUI!

NO ÔNIBUS
UM RAPAZ ESTAVA SOZINHO DENTRO DE UM ÔNIBUS. QUANDO O ÔNIBUS VIROU A RUA E O SOL PASSOU A BATER NO ROSTO DO RAPAZ, O COBRADOR SUGERIU:
— POR QUE VOCÊ NÃO TROCA DE LUGAR?
E O RAPAZ PERGUNTOU:
— MAS COM QUEM?

TELEFONEMA MALUCO
O LOUCO LIGA PARA A PADARIA E PERGUNTA:
— O PÃOZINHO JÁ SAIU?
— JÁ, SIM, SENHOR.
— E A QUE HORAS ELE VOLTA?

CÃO E GATO
O VIZINHO FALA PARA A VIZINHA:
— EI! POR FAVOR, CHAME O SEU CACHORRO QUE ELE ESTÁ COM O MEU GATO NA BOCA.
— E POR QUE VOCÊ NÃO CHAMA O SEU GATO, ORAS?

ANIVERSÁRIO

A NAMORADA DO GAGO FAZIA ANIVERSÁRIO.
TOCA O TELEFONE:
— PA-PA-PA-RA-BE-BE-BÉNS PRA VO-VO-VOCÊ. ADIVI-VI-VINHA QUEM TÁ FA-FA-FA-LAN-LANDO!

A CENTOPEIA

UM HOMEM FOI A UMA LOJA DE ANIMAIS DE ESTIMAÇÃO E PEDIU UM BICHO FORA DO COMUM. O VENDEDOR SUGERIU:
— LEVE UMA CENTOPEIA INTELIGENTE. ELA É CAPAZ DE FAZER TUDO O QUE O SENHOR MANDAR.
O HOMEM ACEITOU A SUGESTÃO.
QUANDO CHEGOU EM CASA, PEDIU QUE A CENTOPEIA TROUXESSE OS CHINELOS. ELA TAMBÉM LIGOU A TV, PREPAROU UM CHÁ E LIMPOU A CASA. O HOMEM PEDIU PARA A CENTOPEIA IR COMPRAR JORNAL. UMA HORA DEPOIS, ELA NÃO VOLTAVA E ELE FOI ATRÁS. ENCONTROU A CENTOPEIA NA PORTA.
— ONDE VOCÊ ANDOU?
— EM LUGAR NENHUM. EU AINDA ESTOU CALÇANDO OS MEUS SAPATOS.

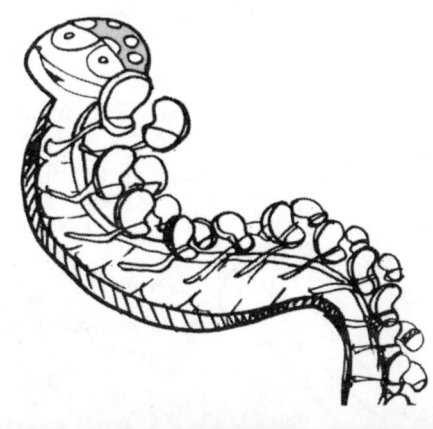

MAL-ENTENDIDO

O GAGO ENTRA NO ÔNIBUS E PERGUNTA AO COBRADOR:
— PO-PO-POR FA-FA-FA-VOR, QUE HO-HO-RAS SÃO?
O COBRADOR NÃO RESPONDE.
— PO-PO-POR FA-FA-FA-VOR, QUE HO-HO-RAS SÃO?
E O COBRADOR CALADO.
DEPOIS DE PERGUNTAR VÁRIAS VEZES, O GAGO SE IRRITA E VAI EMBORA. UM HOMEM QUE ESTAVA OLHANDO PERGUNTOU AO COBRADOR:
— POR QUE VOCÊ NÃO RESPONDEU AS HORAS?
— É POR-POR-PORQUE EU TAM-TAMBÉM SOU GA-GAGO E ELE IA PEN-PENSAR QUE EU TA-TA-TAVA TI-TI-TIRANDO SARRO DE-DE-DELE.

O ESCOTEIRO

UM MENINO RESOLVEU SER ESCOTEIRO. DEPOIS DO PRIMEIRO DIA DE AULA, A MÃE QUIS SABER:
— VOCÊ FEZ UMA BOA AÇÃO HOJE?
— FIZ, MAS ME DEU UM TRABALHO! AJUDEI UMA SENHORA A ATRAVESSAR A RUA.
— MAS ISSO É FÁCIL, MEU FILHO.
— FÁCIL? ELA NÃO QUERIA ATRAVESSAR DE JEITO NENHUM!

ORGULHO DA MAMÃE

UMA MÃE MUITO CORUJA CONTA PARA A AMIGA:
— O MEU FILHINHO ESTÁ ANDANDO HÁ MAIS DE TRÊS MESES.
— NOSSA! A ESSA ALTURA, ELE JÁ DEVE ESTAR BEM LONGE.

BICICLETA NOVA

A GAROTINHA VAI DAR UMA VOLTA NA BICICLETA QUE GANHOU DE ANIVERSÁRIO E FICA SE EXIBINDO PARA O PAI:
— OLHA, PAI. SEM AS MÃOS!
DÁ MAIS UMA VOLTA E GRITA:
— OLHA, PAI. SEM OS PÉS!
OUTRA VOLTA E PÁ! DÁ DE CARA COM UMA ÁRVORE.
— OLHA, PAI. SEM OS DENTES.

O ACIDENTE

A TARTARUGA ATROPELA UMA LESMA.
NA DELEGACIA, ELA TENTA EXPLICAR O ACIDENTE:
— NEM SEI COMO FOI. TUDO ACONTECEU TÃO RÁPIDO.

MENINO PRODÍGIO

O PAI TODO ORGULHOSO DE SEU FILHO FALA PARA OS AMIGOS:
— O MEU FILHO CONHECE TODAS AS LETRAS DO ALFABETO. FILHO, DIGA QUAL É A PRIMEIRA LETRA.
— É A LETRA A.
— VIRAM? ESSE MENINO É UM GÊNIO. AGORA, FALE O QUE VEM DEPOIS DA LETRA A.
— DEPOIS DO A VÊM AS OUTRAS...

O SAFÁRI

NA ÁFRICA, UM GRUPO DE TURISTAS CONTRATOU UM GUIA GAGO PARA FAZER UM PASSEIO. DE REPENTE, O GUIA ENCOSTA O OUVIDO NO CHÃO E COMEÇA A GRITAR:
— HIP... HIP...
OS ALEGRES TURISTAS GRITAM:
— HURRA!
O GUIA GAGO REPETE:
— HIP... HIP...
E OS TURISTAS ANIMADOS:
— HURRA!
EM SEGUIDA, O GUIA SAI CORRENDO DESESPERADO E OS TURISTAS SÃO ATROPELADOS POR VÁRIOS HIPOPÓTAMOS.

VENDEDOR COM GAGUEIRA

O GAGO FOI TRABALHAR COMO VENDEDOR DE BÍBLIA. LOGO NA PRIMEIRA SEMANA, VENDEU 100 BÍBLIAS. O GERENTE FICOU ESPANTADO E PERGUNTOU AO GAGO COMO ELE CONSEGUIA VENDER TANTO.

— É-É MUITO-TO FÁ-FÁ-FÁCIL! EU CHE-CHEGO E DI-DIGO: "A SENHORA QUER COM-COM-COMPRAR ESSA BI-BI-BIBLIA OU VAI QUERER QUE E-E-EU LE-LE-LEIA PARA A SE-SENHORA?".

PIADAS NA SELVA

DEPOIS DE UMA GRANDE SECA, FALTOU COMIDA NA SELVA. O LEÃO ORDENOU QUE FOSSE FEITO UM CONCURSO DE PIADAS.

QUEM CONTASSE UMA PIADA E NÃO FIZESSE TODOS OS ANIMAIS RIREM, SERIA DEVORADO.

O LEOPARDO COMEÇOU: CONTOU UMA PIADA E TODOS RIRAM, MENOS A HIENA, E ELE FOI DEVORADO.

DEPOIS FOI A VEZ DO LOBO. TODOS RIRAM, MENOS A HIENA. O LOBO FOI SACRIFICADO. A ZEBRA, ENTÃO, CONTOU UMA PIADA MUITO ENGRAÇADA.

MAS A HIENA NÃO RIU E A ZEBRA FOI DEVORADA.

DE REPENTE, A HIENA DÁ UMA GARGALHADA:

— RÁ-RÁ-RÁ-RÁÁÁÁÁÁ! ESSA PIADA DO LEOPARDO É ÓTIMA!

A BARRIGA

O MENINO PERGUNTA A UMA MULHER GRÁVIDA:
— O QUE É QUE A SENHORA TEM NA BARRIGA QUE ESTÁ TÃO GRANDE?
A MULHER, MUITO ATENCIOSA:
— TENHO O MEU FILHINHO, QUE EU AMO TANTO.
E O MENINO:
— UÉ, SE AMA TANTO, POR QUE É QUE A SENHORA O ENGOLIU?

CENOURA SOLTEIRA

O CENOURO DISSE PARA A CENOURA:
— CENOURA!
E ELA RESPONDEU:
— CENOURA NÃO, CENOURITA.

ENGANO NA FAZENDA

UM RAPAZ DA CIDADE GRANDE, EM VISITA À FAZENDA, CHEGA AO CURRAL E SUSSURRA AO OUVIDO DA VACA:
— TENHO UMA SURPRESA PARA VOCÊ. HOJE, SOU EU QUEM VAI TIRAR O SEU LEITE.
— EU TAMBÉM TENHO UMA SURPRESA PARA VOCÊ. EU SOU O BOI.

QUEM ESTÁ EM CASA?

O TELEFONE TOCA E O MENINO DE 2 ANOS ATENDE. A PESSOA DO OUTRO LADO PERCEBE QUE É UMA CRIANÇA E FALA:
— TEM OUTRA PESSOA EM CASA?
— TEM.
— VOCÊ PODE PEDIR PARA ELA ATENDER AO TELEFONE?
— POSSO. ESPERA UM POUCO.
UM TEMPO DEPOIS, O MENINO FALA:
— A MARIAZINHA NÃO PODE VIR NÃO. É QUE EU NÃO CONSEGUI TIRAR ELA DO BERÇO.

NA ENFERMARIA

NA HORA DO RECREIO, DOIS GAROTOS VÃO ATÉ A ENFERMARIA DA ESCOLA:
— O QUE ACONTECEU? — PERGUNTA A ENFERMEIRA.
— É QUE EU ENGOLI UMA BOLA DE GUDE — DIZ UM DOS MENINOS.
— E VOCÊ? — A ENFERMEIRA PERGUNTA AO OUTRO.
— A BOLA É MINHA. ESTOU ESPERANDO POR ELA.

GAGO NO RESTAURANTE

O GAGUINHO ESTÁ ALMOÇANDO NO RESTAURANTE, QUANDO O GARÇOM CHEGA COM UMA TRAVESSA DE MAIONESE E COLOCA UMA COLHERADA EM SEU PRATO:
— MAS-MAS...
E O GARÇOM COLOCA MAIS UMA COLHERADA.
— MAS-MAS...
OUTRA COLHERADA.
— MAS-MAS...
MAIS UMA COLHERADA.
— MAS-MAS...
IRRITADO, O GARÇOM DESPEJA METADE DA MAIONESE NO PRATO E SUGERE:
— O SENHOR COME ESSA, QUE DEPOIS EU PONHO MAIS.
— MAS-MAS... EU NÃ-NÃO GO-GOSTO DE MA-MAIONESE!

PRESENTE DE AVÔ

O GAROTINHO, FELIZ DA VIDA, TELEFONA PARA O AVÔ:
— VOVÔ, AQUELA BATERIA QUE O SENHOR ME DEU FOI UM ÓTIMO PRESENTE. TODO DIA, EU GANHO UM SORVETE E UM CHOCOLATE DO VIZINHO SÓ PRA NÃO TOCAR.

BICICLETA NOVA

O MENINO PEDE AO PAI:
— PAIÊ! EU QUERO UMA BICICLETA NOVA!
— MAS, MEU FILHO, A SUA AINDA NEM ESTRAGOU!
— EU TAMBÉM NÃO ESTOU ESTRAGADO E A MAMÃE GANHOU UM NENÊ NOVO.

NO FUTEBOL

UM TIME DE FUTEBOL FOI PARA O BELÉM DO PARÁ PARA DISPUTAR UM JOGO PELO CAMPEONATO BRASILEIRO. UM REPÓRTER PERGUNTA PARA UM DOS JOGADORES:
— ENTÃO, COMO É QUE VOCÊ ESTÁ SE SENTINDO ANTES DO JOGO, AQUI EM BELÉM?
— É UMA SATISFAÇÃO JOGAR NA CIDADE ONDE NASCEU JESUS!

AULA DE HISTÓRIA

NA AULA, A PROFESSORA TESTA SEUS ALUNOS:
— ZEZINHO, MOSTRE NO MAPA ONDE FICA A AMÉRICA.
— O MENINO APONTA UM LOCAL NO MAPA.
— MUITO BEM! AGORA, JUQUINHA, DIGA QUEM DESCOBRIU A AMÉRICA.
— FOI O ZEZINHO, PROFESSORA!

TESTE DE GEOGRAFIA

A PROFESSORA RESOLVE FAZER UMA PROVA ORAL E PERGUNTA PARA O ALUNO:
— COMO SE CHAMAM OS HABITANTES DE SANTOS?
— COMO POSSO SABER, PROFESSORA? CADA UM TEM UM NOME E EU NÃO CONHEÇO NINGUÉM LÁ.

NO CONSULTÓRIO

UM MÉDICO DIZIA CURAR O PACIENTE PELA AUTOSSUGESTÃO:
— DIGA TRÊS VEZES: "EU ESTOU CURADO".
O DOENTE OBEDECE E SE SENTE REALMENTE CURADO. O MÉDICO COBRA 2 MIL REAIS PELA CONSULTA E O CLIENTE ACONSELHA:
— DIGA TRÊS VEZES: "EU JÁ FUI PAGO".

NOVO EMPREGO

O RAPAZ CHEGA NUMA EMPRESA E PEDE UM EMPREGO. O GERENTE PERGUNTA:
— QUAL O CARGO QUE O SENHOR QUER?
— DE PRESIDENTE!
— O SENHOR É LOUCO?
— NÃO! PRECISA SER?

ESTUDANDO PARA A PROVA

O MENINO JÁ ESTAVA CANSADO DE ESTUDAR PARA A PROVA E FALOU PARA A MÃE:
— EU QUERIA TER NASCIDO EM 1500.
— POR QUÊ?
— EU TERIA MENOS HISTÓRIA PARA ESTUDAR.

MUITO TRABALHO

O EMPREGADO PEDE AUMENTO DE ORDENADO DIZENDO QUE ESTÁ TRABALHANDO POR TRÊS.
O PATRÃO TOMA AS PROVIDÊNCIAS:
— DIGA O NOME DOS OUTROS DOIS QUE EU OS MANDO EMBORA.

BEBÊ CHORÃO

O BEBÊ, IRMÃO DO JOÃOZINHO, NÃO PARA DE CHORAR.
O AMIGO DO JOÃOZINHO COMENTA:
— O SEU IRMÃO É CHATO, HEIN? QUE MENINO CHORÃO!
— POIS EU ACHO QUE ELE TÁ CERTO. QUERIA VER O QUE VOCÊ FARIA SE NÃO SOUBESSE FALAR, FOSSE BANGUELA, CARECA E NÃO CONSEGUISSE FICAR EM PÉ!

CHAMADA ORAL

O PROFESSOR FEZ UMA PERGUNTA E NADA DO ALUNO RESPONDER...
— PARECE QUE VOCÊ ESTÁ ATRAPALHADO COM A MINHA PERGUNTA...
— NÃO, PROFESSOR, EU ESTOU ATRAPALHADO É COM A MINHA RESPOSTA.

PAPAGAIO DE MUDANÇA

A FAMÍLIA ESTÁ DE MUDANÇA. A GAIOLA COM O PAPAGAIO É COLOCADA LÁ NO ALTO DO CAMINHÃO. COM OS BURACOS DA RUA, O CAMINHÃO BALANÇA MUITO E A GAIOLA DESPENCA. A FAMÍLIA PARA O CAMINHÃO E SOCORRE O PAPAGAIO. NOS PRÓXIMOS BURACOS, A GAIOLA DESPENCA OUTRA VEZ. MAIS À FRENTE, OUTRA VEZ. EM SEGUIDA, MAIS UMA VEZ, ATÉ QUE O PAPAGAIO DIZ PARA O DONO:
— QUER SABER: ME DÊ O ENDEREÇO QUE EU VOU A PÉ.

CONVERSA ENTRE MÃES

— O MEU FILHO SÓ TEM 5 ANOS E JÁ LEVANTA 10 QUILOS.
— ORA, O MEU COM 6 MESES LEVANTA TODO MUNDO LÁ EM CASA, DURANTE A NOITE.

COELHO MALUCO

UM COELHO ENTRA NA LIVRARIA E PEDE UMA CENOURA. O VENDEDOR RESPONDE:
— NÃO VENDEMOS CENOURAS. VÁ ATÉ A QUITANDA NO FINAL DA RUA.
NO DIA SEGUINTE, O COELHO VOLTA:
— TEM CENOURA?
— AQUI É UMA LIVRARIA. NÃO TEMOS CENOURAS.
NO OUTRO DIA, O COELHO APARECE DE NOVO:
— TEM CENOURA?
— JÁ DISSE QUE NÃO! SE VOCÊ PERGUNTAR ISSO OUTRA VEZ, VOU AMARRAR VOCÊ COM UMA CORDA E ENTREGAR PARA O AÇOUGUEIRO AQUI AO LADO.
UM DIA DEPOIS, O COELHO VOLTA:
— OI, TEM UMA CORDA?
— NÃO.
— BEM, ENTÃO, ME DIGA: TEM CENOURA?

A GALINHA E O IOIÔ

O CAIPIRA COMENTA:
— SABE, COMPADRE, TÔ PREOCUPADO COM A MINHA GALINHA.
— POR QUÊ?
— ELA ENGOLIU UM ELÁSTICO DE IOIÔ E TÁ BOTANDO O MESMO OVO HÁ UMA SEMANA!

MARIDO ACIDENTADO

O MÉDICO AVISA:
— SEU MARIDO VAI FICAR BOM. EM APENAS UMA SEMANA ELE JÁ PODE VOLTAR A TRABALHAR.
— MILAGRE! ELE NUNCA TRABALHOU ANTES.

TATU ESPERTO

O TATU FALA PARA O AVESTRUZ:
— EU SEI DUAS COISAS QUE VOCÊ NÃO PODE COMER NO CAFÉ DA MANHÃ.
— QUE NADA! EU COMO DE TUDO!
— NÃO, ESSAS DUAS COISAS VOCÊ NÃO PODE COMER NO CAFÉ DA MANHÃ.
— E QUAIS SÃO?
— O ALMOÇO E O JANTAR.

AULA DE LITERATURA
OS ALUNOS ESTAVAM ESTUDANDO POESIA E UM DELES PERGUNTOU:
— PROFESSOR, SE CAMÕES FOSSE VIVO, ELE AINDA SERIA CONSIDERADO UM HOMEM EXTRAORDINÁRIO?
O PROFESSOR RESPONDEU:
— COM CERTEZA!
— POR QUE O SENHOR TEM TANTA CERTEZA?
— PORQUE ELE TERIA MAIS DE 400 ANOS!

MAL-ENTENDIDO
UM RAPAZ COMENTA COM O AMIGO:
— POXA! DESDE QUE EU FIZ 18 ANOS, NÃO FALO COM O MEU PAI.
— QUE CHATO! VOCÊS BRIGARAM FEIO?
— NÃO. É QUE EU FIZ ANIVERSÁRIO ONTEM E ELE VIAJOU ANTEONTEM.

FILHO TAGARELA
DUAS AMIGAS SE ENCONTRAM E UMA PERGUNTA PARA A OUTRA:
— E O SEU FILHINHO? JÁ APRENDEU A FALAR?
— JÁ, SIM. E COMO! AGORA ESTAMOS ENSINADO O MEU FILHO A FICAR CALADO.

PARENTES DESCONHECIDOS

UM GAROTINHO PERGUNTA PARA OUTRO:
— VOCÊ TEM PARENTES POBRES?
— TENHO, MAS NÃO CONHEÇO NENHUM DELES.
— E VOCÊ? TEM PARENTES RICOS?
— TENHO, MAS ELES NÃO ME CONHECEM.

PERGUNTAR NÃO OFENDE

O GAROTO VAI PESCAR COM O PAI E PERGUNTA:
— PAI, COMO OS PEIXES RESPIRAM DEBAIXO D'ÁGUA?
— NÃO SEI, MEU FILHO.
— E POR QUE OS BARCOS NÃO AFUNDAM?
— NÃO SEI, FILHO.
— POR QUE O CÉU É AZUL?
— ISSO EU TAMBÉM NÃO SEI.
— PAI, O SENHOR FICA IRRITADO QUANDO EU FAÇO ESSAS PERGUNTAS?
— CLARO QUE NÃO! SE VOCÊ NÃO PERGUNTAR, NUNCA VAI APRENDER NADA!

GOSTO ESTRANHO

A MENINA PERGUNTA:
— MAMÃE, AZEITONA TEM PERNINHAS?
— NÃO, MINHA FILHA!
— XI! ENTÃO, COMI UM BESOURO!

CIDADE COM NEBLINA
— LONDRES É A CIDADE DE MAIS NEBLINA DO MUNDO.
— QUE NADA! EU JÁ PASSEI EM UMA CIDADE QUE TINHA MUITO MAIS NEBLINA.
— QUAL?
— ERA TANTA NEBLINA QUE NÃO CONSEGUI VER A CIDADE.

DIREITOS DOS HOMENS
O PROFESSOR PERGUNTA:
— ONDE FOI ASSINADA A DECLARAÇÃO DOS DIREITOS DO HOMEM?
UM DOS ALUNOS RESPONDE:
— FOI ASSINADA EMBAIXO DA DECLARAÇÃO.

NO TRIBUNAL
DURANTE O JULGAMENTO, O JUIZ PERGUNTA:
— ONDE O SENHOR MORA?
— NA CASA DO MEU IRMÃO.
— E ONDE MORA O SEU IRMÃO?
— ELE MORA COMIGO.
— E ONDE VOCÊS MORAM, SERÁ QUE PODE ME DIZER?
— MORAMOS JUNTOS.

MAPA-MÚNDI

O MENINO ENTRA EM UMA LOJA E PEDE:
— QUERO UM MAPA-MÚNDI.
— DE QUE TAMANHO?
— SE NÃO FOR MUITO CARO, DO TAMANHO NATURAL.

VELOCIDADE REDUZIDA

UM HOMEM DIRIGIA EM ALTA VELOCIDADE
QUANDO SE DEPAROU COM UMA PLACA ESCRITA:
"REDUZA A 70 KM!" E DIMINUIU PARA 70.
VEIO OUTRA PLACA: "REDUZA A 50 KM".
SEM ENTENDER, REDUZIU DE NOVO.
OUTRA PLACA: "REDUZA A 30 KM".
O HOMEM FICOU BRAVO E REDUZIU.
A PLACA SEGUINTE DIZIA:
"REDUZA A 10 KM".

JÁ COM O CARRO QUASE PARANDO,
ELE VIU MAIS UMA PLACA:
"BEM-VINDOS A REDUZA!".

MATEMÁTICA

A PROFESSORA PERGUNTA AO JOÃOZINHO:
— SE TIVESSE QUATRO MOSCAS EM CIMA DA MESA E VOCÊ MATASSE UMA, QUANTAS FICARIAM?
— UMA, PROFESSORA.
— SÓ UMA?
— CLARO, FICARIA A MOSCA MORTA. AS OUTRAS TRÊS VOARIAM.

MAR MORTO
A PROFESSORA PERGUNTA PARA O JOÃOZINHO:
— O QUE VOCÊ SABE SOBRE O MAR MORTO?
— NADA, PROFESSORA. EU NEM SABIA QUE ELE ESTAVA DOENTE!

PROVAS FINAIS
DOIS AMIGOS SE ENCONTRAM DEPOIS DO VESTIBULAR:
— COMO FOI NAS PROVAS?
— COMO NO POLO NORTE.
— COMO ASSIM?
— TUDO ABAIXO DE ZERO.

A MULHER FOI AO MÉDICO
— DOUTOR, O MEU MARIDO ESTÁ LOUCO! DE VEZ EM QUANDO, ELE COMEÇA A CONVERSAR COM O ABAJUR!
— E O QUE ELE DIZ?
— EU NÃO SEI!
— COMO NÃO SABE? A SENHORA NÃO DISSE QUE O VIU CONVERSANDO COM O ABAJUR?
— NÃO. EU DISSE APENAS QUE ELE CONVERSA COM O ABAJUR.
— MAS, ENTÃO, COMO FOI QUE A SENHORA DESCOBRIU?
— FOI O ABAJUR QUE ME CONTOU!

NA LANCHONETE DA RODOVIÁRIA

O VIAJANTE PEDE UM BOLINHO E O GARÇOM DIZ:
— NÃO LEVE A MAL, MAS O BOLINHO NÃO É DE HOJE.
— ENTÃO, ME DÊ UMA COXINHA.
— MEU SENHOR, A COXINHA TAMBÉM É DE ONTEM.
— ENTÃO, PODE SER AQUELE ESPETINHO.
— O ESPETINHO É DE ONTEM, TAMBÉM.
O VIAJANTE FICA NERVOSO:
— COMO É QUE EU FAÇO PARA COMER ALGUMA COISA DE HOJE?
O GARÇOM RESPONDE:
— PASSE AQUI AMANHÃ.

TROTE PELO TELEFONE

— ALÔ, AQUI É DA ASSISTÊNCIA TÉCNICA. UMA PERGUNTINHA: A SUA TELEVISÃO ESTÁ NO AR?
— SIM, ESTÁ!
— ENTÃO, SAI DE BAIXO, SENÃO ELA CAI NA SUA CABEÇA!

VENDEDOR DE RUA
O MENINO QUE VENDE LARANJA EM UM CRUZAMENTO FICAVA GRITANDO:
— OLHA A LARANJA! OLHA A LARANJA!
UM SENHOR PERGUNTA AO GAROTO:
— É DOCE?
— É CLARO QUE NÃO, MOÇO! SENÃO, EU ESTARIA GRITANDO: "OLHA O DOCE!".

AULA DE CARDIOLOGIA
O PROFESSOR PERGUNTA AO ALUNO:
— O QUE SE DEVE FAZER QUANDO ALGUÉM ESTÁ SENTINDO DORES NO CORAÇÃO?
— APAGAR A LUZ!
— APAGAR A LUZ? VOCÊ FICOU MALUCO?
— ORA, PROFESSOR. O SENHOR NUNCA OUVIU DIZER QUE O QUE OS OLHOS NÃO VEEM O CORAÇÃO NÃO SENTE?

IDADE AVANÇADA
UM VELHINHO VAI AO MÉDICO:
— DOUTOR, ESTOU COM UM REUMATISMO DANADO NA PERNA ESQUERDA.
— É A IDADE, NÃO SE IMPRESSIONE.
— COMO, SE A PERNA DIREITA É DA MESMA IDADE E NÃO TEM NADA?

BIOLOGIA ANIMAL
A PROFESSORA EXPLICAVA:
— O ANIMAL QUE TEM QUATRO PÉS É UM QUADRÚPEDE.
EM SEGUIDA, OLHA PARA UM DOS ALUNOS E PERGUNTA:
— VOCÊ TEM DOIS PÉS. COMO SE CHAMA?
— JOÃOZINHO.

ALUGUEL ATRASADO
O MENINO AVISA AO HOMEM QUE VEIO COBRAR O ALUGUEL ATRASADO:
— NÃO ADIANTA FICAR ESPERANDO O MEU PAI. ELE NÃO VAI VOLTAR.
— E COMO VOCÊ SABE QUE ELE NÃO VAI VOLTAR?
— ORA, PORQUE ELE NEM SAIU AINDA.

SEMPRE ATRASADO
O ALUNO ENTRA ATRASADO PELO PORTÃO DA ESCOLA.
O PORTEIRO PERGUNTA:
— POR QUE VOCÊ ESTÁ ATRASADO?
— PORQUE EU SEGUI O QUE A PLACA DIZ.
— QUE PLACA?
— A PLACA QUE DIZ: "ESCOLA. DEVAGAR".

FOFOQUEIRAS
UMA VIZINHA FALA PARA A OUTRA:
— EU NÃO SOU COMO VOCÊ QUE ANDA PELA RUA FALANDO MAL DOS OUTROS.
— TAMBÉM, PUDERA! VOCÊ TEM TELEFONE!

VELHO OESTE
O CAUBÓI ENTRA NO BAR AOS BERROS:
— QUEM FOI O ENGRAÇADINHO QUE PINTOU MEU CAVALO DE VERDE?
— UM HOMEM DE 2 METROS DE ALTURA SE LEVANTA E RESPONDE:
— FUI EU, POR QUÊ?
— É SÓ PARA AVISAR QUE A PRIMEIRA MÃO DE TINTA JÁ SECOU.

NO TRIBUNAL
DURANTE O JULGAMENTO, O JUIZ FALA:
— O SENHOR INSISTE EM AFIRMAR NÃO TER ROUBADO. MAS EU TENHO SEIS TESTEMUNHAS QUE VIRAM O ROUBO.
— ORA, SENHOR JUIZ, EU TENHO MAIS DE MIL QUE NÃO VIRAM.

ASSALTO
UM HOMEM PERGUNTA A OUTRO NA RUA:
— O SENHOR VIU ALGUM GUARDA POR AQUI?
— NÃO.
— ENTÃO, PASSE A CARTEIRA!

NO ZOOLÓGICO
— MAMÃE, ESSES HIPOPÓTAMOS SÃO TÃO PARECIDOS COM A TIA MERCEDES, NÃO SÃO?
— FILHO, NÃO SE DIZ ESSAS COISAS!
— MAS, MAMÃE, ELES NEM OUVIRAM!

IRMÃO GULOSO

A MÃE FICA BRABA COM O FILHO MAIS VELHO:
— POR QUE VOCÊ NÃO DEU UMA PERA AO SEU IRMÃOZINHO?
— PORQUE ME ENGANEI E COMI A DELE.
— E ESSA QUE ESTÁ NA SUA MÃO?
— AH! ESTA É A MINHA!

PROVA DE HISTÓRIA

O PAI PERGUNTA PARA O FILHO:
— COMO É QUE VOCÊ FOI NA PROVA DE HISTÓRIA?
— NÃO MUITO BEM. A PROFESSORA SÓ PERGUNTOU SOBRE COISAS QUE ACONTECERAM ANTES DE EU NASCER.

LOUCOS NO VOLANTE

DOIS LOUCOS PEGAM O CARRO DO DIRETOR DO HOSPÍCIO E SAEM PARA DAR UMA VOLTA. NO CAMINHO, CONVERSAM:
— COMO AS ÁRVORES PASSAM RÁPIDO!
— BOA IDEIA! VAMOS VOLTAR DE ÁRVORE?

ADVOGADO CARO
UM RAPAZ VAI CONSULTAR O ADVOGADO MAIS CARO DA CIDADE:
— É VERDADE QUE O SENHOR COBRA 2 MIL REAIS PARA RESPONDER TRÊS PERGUNTAS?
— SIM. QUAIS SÃO AS OUTRAS DUAS.

PACIENTE DISTRAÍDO
O MÉDICO PERGUNTA AO PACIENTE QUE ESTÁ COM A CABEÇA MACHUCADA:
— COMO FOI QUE ISSO ACONTECEU?
— BATI COM A CABEÇA NA QUINA DE UMA PRATELEIRA, NUM MOMENTO DE DISTRAÇÃO.
— NOSSA! QUE JEITO MAIS ESTRANHO DE SE DISTRAIR!

LIÇÃO DE CASA
ENQUANTO FAZ O DEVER DE CASA, A MENINA PERGUNTA AO IRMÃO MAIS VELHO:
— EI, VOCÊ SABE QUEM DESCOBRIU O BRASIL?
— EU NEM SABIA QUE ELE ESTAVA COBERTO!

PRESIDIÁRIO ESPERTO
O DIRETOR DA PRISÃO AVISA:
— TODOS AQUI PRECISAM TRABALHAR, APRENDER ALGUM OFÍCIO.
— EI, VOCÊ! O QUE DESEJA FAZER?
— QUERO SER CAIXEIRO-VIAJANTE, SENHOR.

PATRÃO DURÃO
O PATRÃO PERGUNTA AO FUNCIONÁRIO:
— PRECISO DEMITIR TRÊS FUNCIONÁRIOS. NA SUA OPINIÃO, QUAIS SERIAM OS OUTROS DOIS?

É GOL!
O FOTÓGRAFO DE UM JORNAL ESPORTIVO FOI FOTOGRAFAR A PARTIDA EM QUE SEU TIME ESTAVA JOGANDO. NA HORA QUE SEU TIME FEZ O GOL, ELE COMEMOROU E FICOU TÃO EMOCIONADO QUE ESQUECEU DE FOTOGRAFAR. QUANDO CHEGOU NO JORNAL, O EDITOR ESTRANHOU:
— VOCÊ NÃO PEGOU O GOL?
— MAS SE O GOLEIRO, QUE TINHA DE PEGAR, NÃO PEGOU, IMAGINE EU, UM SIMPLES FOTÓGRAFO!

ALUNO EMBROMADOR

DURANTE A AULA DE HISTÓRIA, O PROFESSOR PEDE AO JOÃOZINHO:
— DIGA ALGUMA COISA SOBRE O DESCOBRIMENTO DO BRASIL.
— BEM, POSSO AFIRMAR QUE TODOS OS TRIPULANTES DAS CARAVELAS QUE CHEGARAM AQUI JÁ MORRERAM.

ALUNA ENGRAÇADINHA

O PROFESSOR PERGUNTA PARA A CLASSE:
— QUAL É O ANIMAL QUE NOS FORNECE CARNE?
A MARIAZINHA RESPONDE RÁPIDO:
— O AÇOUGUEIRO.

COMO SER EDUCADO

A MÃE EXPLICA PARA O MENINO:
— FILHO, MENINOS BEM-EDUCADOS NUNCA ESCOLHEM OS MAIORES PEDAÇOS.
— AH, É? QUER DIZER QUE OS MAIORES PEDAÇOS FICAM PARA OS MAL-EDUCADOS?

SEM DESCULPAS
O LADRÃO EXPLICA PARA O JUIZ:
— EU ROUBEI PORQUE NÃO TINHA O QUE COMER, LUGAR PARA DORMIR E NENHUM AMIGO.
— VOU LEVAR TUDO ISSO EM CONTA. O SENHOR TERÁ ALIMENTAÇÃO DE GRAÇA POR CINCO ANOS, ALOJAMENTO E MUITOS COMPANHEIROS.

ALUNO CRIATIVO
A PROFESSORA QUER SABER DO JOÃOZINHO:
— O QUE FICA MAIS LONGE: A LUA OU A EUROPA?
— A EUROPA, PROFESSORA. PODEMOS VER A LUA DE LONGE E A EUROPA NÃO.

LOUCO NA BIBLIOTECA
O LOUCO PASSOU A TARDE LENDO A LISTA TELEFÔNICA. QUANDO DEVOLVEU A LISTA PARA O BIBLIOTECÁRIO, COMENTOU:
— NÃO ENTENDI O ENREDO DESSE LIVRO. MAS O ELENCO É ÓTIMO!

TIRADENTES
A PROFESSORA FAZ CHAMADA ORAL E ESCOLHE O JOÃOZINHO:
— O QUE VOCÊ SABE SOBRE TIRADENTES?
—AH! PROFESSORA. ELE MORREU ENFORCADO.
— SÓ ISSO?
— POXA! ELE FOI ENFORCADO E A SENHORA AINDA ACHA POUCO?

JOGO DE BASQUETE
O TÉCNICO APONTA PARA UM DOS JOGADORES E COMENTA:
— AQUELE JOGADOR ALI É TÃO RUIM, TÃO RUIM QUE QUANDO JOGA NA SEXTA ACERTA NO SÁBADO.

AÇOUGUEIRO
A DONA DE CASA PEDE PARA O MENINO:
— FILHO, VÁ VER SE O AÇOUGUEIRO TEM PÉ DE PORCO.
O GAROTO SAI E VOLTA MEIA HORA DEPOIS:
— NÃO CONSEGUI VER, MÃE. ELE ESTAVA CALÇADO.

NOME CHINÊS
NO DEPARTAMENTO DE IMIGRAÇÃO, O FUNCIONÁRIO PERGUNTA QUAL O NOME DE UM CHINÊS QUE ESTAVA NA FILA.
— ESPIRRO, NON?
— MAS ISSO É CHINÊS?
— NON, ESSE É O MEU NOME EM PORTUGUÊS.
— E COMO É O SEU NOME EM CHINÊS?
— A-CHIN.

NO QUARTEL
O SARGENTO FAZ PERGUNTAS PARA A TROPA:
— PRIMEIRO-SOLDADO, O QUE É PÁTRIA?
— É A MINHA MÃE, SENHOR!
O SARGENTO SE SURPREENDE COM TANTO SENTIMENTALISMO POÉTICO, MAS CONTINUA COM AS PERGUNTAS:
— SEGUNDO-SOLDADO! E PARA VOCÊ, O QUE É PÁTRIA?
— É A MÃE DO PRIMEIRO-SOLDADO, SENHOR!

CONVERSA DE DOIDO
UM LOUCO MOSTRA AS MÃOS FECHADAS PARA OUTRO LOUCO E DIZ:
— O QUE VOCÊ ACHA QUE EU TENHO NA MÃO?
— DEIXE EU PENSAR... UM ELEFANTE!
— AH! ASSIM NÃO VALE. VOCÊ VIU O RABINHO DELE!

A CONTA DO HOSPITAL
UM HOMEM ESTÁ NO HOSPITAL E RECEBE A VISITA DE UM AMIGO:
— O DOUTOR ME GARANTIU QUE, DEPOIS DA CIRURGIA, EU IA VOLTAR A ANDAR!
— E ACERTOU EM CHEIO! PRECISEI VENDER O CARRO PARA PAGAR A OPERAÇÃO!

NA ESTAÇÃO DE TREM
— POR FAVOR, EU QUERO UMA PASSAGEM PARA MAGNÓLIA.
O BILHETEIRO PEGA O MAPA E, DEPOIS DE OLHAR COM MUITA ATENÇÃO, PERGUNTA:
— NÃO SEI ONDE FICA MAGNÓLIA, A SENHORA SABE?
— SEI, SIM. ELA ESTÁ ALI SENTADA NO BANCO ESPERANDO EU COMPRAR A PASSAGEM.

PROFESSORA SEM GRAÇA
A PROFESSORA CONTA UMA HISTÓRIA.
TODOS OS ALUNOS RIEM, MENOS JOÃOZINHO.
A PROFESSORA PERGUNTA:
— NÃO ACHOU GRAÇA? VOCÊ NÃO RIU!
— EU RI NO ANO PASSADO, PROFESSORA. SOU REPETENTE.

UMA DE CADA COR
O MENINO ESTAVA INDO PARA A ESCOLA QUANDO A VIZINHA COMENTOU:
— INTERESSANTES ESSAS MEIAS QUE VOCÊ ESTÁ USANDO... UMA AZUL E OUTRA VERMELHA.
— É VERDADE. O ENGRAÇADO É QUE EU TENHO OUTRO PAR IGUALZINHO LÁ EM CASA.

FAZENDO CONTA
JOÃOZINHO, QUANTO SÃO CINCO MAIS TRÊS?
— NÃO SEI, PROFESSORA.
— OITO, JOÃOZINHO, OITO!
— ESSA NÃO, PROFESSORA! ONTEM MESMO A SENHORA DISSE QUE OITO SÃO QUATRO MAIS QUATRO.

NA BARBEARIA
UM HOMEM SEM BARBA FALA PARA UM FREGUÊS BARBUDO:
— EU TINHA UMA BARBA IGUAL À SUA, MAS ERA MUITO FEIA E RESOLVI RASPÁ-LA.
— POIS EU TINHA UMA CARA IGUAL À SUA, MAS, COMO ERA FEIA, DEIXEI A BARBA CRESCER.

RÁDIO MOLHADO

UM LOUCO PERGUNTA PARA O OUTRO:
— O QUE VOCÊ FEZ NO MEU RÁDIO?
— EU ACHEI QUE ESTAVA MUITO SUJO E LAVEI.
— AH! ENTÃO, VOCÊ DEVE TER AFOGADO O LOCUTOR.

AULA DE ÁLGEBRA

A MÃE QUER SABER:
— FILHINHA, O QUE VOCÊ ESTUDOU HOJE NA ESCOLA?
— HOJE EU ESTUDEI ÁLGEBRA, MAMÃE.
— AH, QUE BOM! ENTÃO DIZ "BOM DIA" PARA A MAMÃE EM ÁLGEBRA.

MÁS NOTÍCIAS

O MÉDICO LIGA PARA O PACIENTE:
— SEUS EXAMES FICARAM PRONTOS.
— E AÍ, DOUTOR? TUDO BEM?
— BEM NADA, RAPAZ! TENHO DUAS NOTÍCIAS E UMA DELAS É MUITO RUIM.
— DIZ LOGO, ME FALA A RUIM DE UMA VEZ!
— VOCÊ TEM APENAS 24 HORAS DE VIDA!
— 24 HORAS? MEU DEUS, NÃO PODE SER!
DEPOIS DE ALGUNS SEGUNDOS.
— E A OUTRA NOTÍCIA?
— LIGUEI PARA VOCÊ ONTEM O DIA TODO, MAS SÓ DAVA OCUPADO!

PERGUNTA DIFÍCIL
A PROFESSORA PERGUNTOU AO JOÃOZINHO:
— SE DOIS E DOIS SÃO QUATRO. E QUATRO MAIS QUATRO SÃO OITO, QUANTO É OITO MAIS OITO?
— AH, PROFESSORA, ISSO NÃO É JUSTO! A SENHORA RESPONDEU AS DUAS PERGUNTAS MAIS FÁCEIS E DEIXA A DIFÍCIL PARA MIM?

NO HOSPÍCIO
ENQUANTO OS LOUCOS PASSEIAM PELO PÁTIO, UM DELES GRITA:
— EU SOU UM ENVIADO DE DEUS À TERRA!
OUTRO LOUCO RESPONDE:
— MENTIRA! EU NÃO ENVIEI NINGUÉM!

DORMINDO EM SERVIÇO
O FUNCIONÁRIO SE DESCULPA PARA O PATRÃO DEPOIS DE TER SIDO FLAGRADO DORMINDO EM SERVIÇO:
— NÃO ESTOU DORMINDO NÃO, CHEFE! É QUE O MEU SERVIÇO É TÃO FÁCIL QUE EU FAÇO ATÉ DE OLHOS FECHADOS!

FUNCIONÁRIOS PUXA-SACOS

NA FESTA DE AMIGO-SECRETO, COM OS FUNCIONÁRIOS TODOS REUNIDOS, O CHEFE COMEÇOU A CONTAR PIADAS SEM GRAÇA, MAS TODOS MORRIAM DE RIR. MENOS UM RAPAZ ESCOSTADO NO CANTO QUE FICOU SÉRIO O TEMPO TODO, ATÉ QUE O PATRÃO QUIS SABER:
— POR QUE NÃO RIU DAS MINHAS PIADAS? POR ACASO, JÁ CONHECIA TODAS QUE EU CONTEI?
O RAPAZ RESPONDEU:
— NÃO CONHECIA NENHUMA, MAS É QUE EU NÃO TRABALHO NA EMPRESA, SÓ VIM BUSCAR MINHA NAMORADA!

QUE PREGUIÇA!

UM BAIANO DEITADO NA REDE PERGUNTA PARA O AMIGO:
— MEU REI... TEM AÍ REMÉDIO PRA PICADA DE COBRA?
— TEM. POR QUÊ, VOCÊ FOI PICADO?
— NÃO, MAS TEM UMA COBRA VINDO NA MINHA DIREÇÃO...

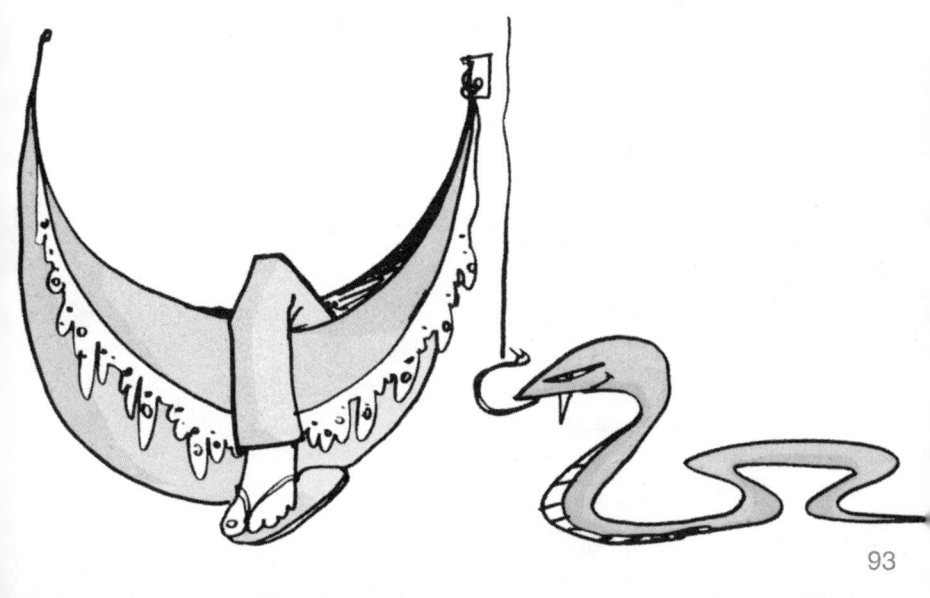

COPA DO MUNDO

UM CASAL RESOLVE ASSISTIR A UM DOS JOGOS DA COPA DO MUNDO. POR CULPA DA MULHER, QUE DEMOROU PARA SE ARRUMAR, OS DOIS CHEGAM AO ESTÁDIO MEIA HORA ATRASADOS. A MULHER PERGUNTA AO VIZINHO DE ARQUIBANCADA QUANTO ESTÁ O JOGO.
— ZERO A ZERO!
— TÁ VENDO, DIZ ELA PARA O MARIDO, EU NÃO FALEI QUE ÍAMOS CHEGAR A TEMPO?!

CONFUSÃO NO CINEMA

UM HOMEM MEIO DESASTRADO ENTRA NO CINEMA E FICA PARADO, EM PÉ, ESPERANDO OS OLHOS SE ACOSTUMAREM COM A ESCURIDÃO.
O LANTERNINHA SE APROXIMA PARA AJUDAR.
O HOMEM VÊ AQUELA LUZ SE APROXIMANDO, SE APROXIMANDO... E PIMBA! PULA COM TUDO NO COLO DE UM CASAL QUE COMIA PIPOCAS.
— ME DESCULPE, GENTE! É QUE, SE EU NÃO SAIO DA FRENTE, IA SER ATROPELADO POR AQUELA BICICLETA!

PREVENDO O FUTURO
A VIDENTE LÊ A MÃO DE UM HOMEM E AVISA TODA SORRIDENTE:
— QUE MARAVILHA! NENHUMA DOENÇA EM SUA VIDA!
— MARAVILHA NADA. EU SOU MÉDICO!

MÉDICO MALUCO
O MÉDICO PEDE PARA O PACIENTE QUE SE DEBRUCE NA JANELA E PONHA A LÍNGUA PARA FORA. O PACIENTE OBEDECE, MAS DEPOIS PERGUNTA:
— DOUTOR, QUE TIPO DE EXAME É ESSE?
— NÃO É EXAME. É QUE EU NÃO GOSTO DOS VIZINHOS.

ADIVINHA
O MENINO PERGUNTA PARA UMA MENINA NO PÁTIO DA ESCOLA:
— O QUE É, O QUE É? TEM SEIS PERNAS, PELOS VERDES E ANTENAS.
— NÃO SEI, O QUE É?
— EU TAMBÉM NÃO SEI, MAS ESTÁ SUBINDO PELO SEU CABELO!

MÉDICO INSATISFEITO
O MÉDICO OLHA PARA O RESULTADO DO EXAME, TORCE O NARIZ E FALA PARA O PACIENTE, UM SUJEITO MEIO CAIPIRA, HUMILDE:
— HUM... A SUA DOENÇA NÃO ESTÁ ME AGRADANDO NEM UM POUCO!
E O CAIPIRA, MEIO SEM JEITO, RESPONDE:
— SINTO MUITO, SEU DOTÔ! MAS EU SÓ TENHO ESTA!

ENTRE AMIGOS
UM HOMEM ESTAVA SAINDO DA FARMÁCIA E ENCONTROU UM AMIGO QUE LHE PERGUNTOU:
— VOCÊ ESTÁ DOENTE?
— POR QUE A PERGUNTA?
— UÉ, VOCÊ ESTÁ SAINDO DA FARMÁCIA!
— QUER DIZER QUE SE ESTIVESSE SAINDO DO CEMITÉRIO VOCÊ PERGUNTARIA SE EU TINHA RESSUSCITADO?

HORÁRIO MALUCO
O LOUCO CHEGA PARA O OUTRO E PERGUNTA:
— VOCÊ SABE QUE HORAS SÃO?
— SEI!, RESPONDE O OUTRO.
— MUITO OBRIGADO!

PARECIDO COM A SOGRA

— O SENHOR É A CARA DA MINHA SOGRA. A ÚNICA DIFERENÇA É O BIGODE.
— MAS EU NÃO TENHO BIGODE.
— POIS É! MINHA SOGRA TEM!

MARIDO E MULHER

A MULHER LIGA PARA O MARIDO:
— QUERIDO, TENHO UMA NOTÍCIA BOA E UMA MÁ!
— SINTO MUITO, ESTOU NO MEIO DE UMA REUNIÃO. CONTE SÓ A NOTÍCIA BOA.
— O AIRBAG DO SEU CARRO ESTÁ FUNCIONANDO DIREITINHO.

AULA DE CIÊNCIAS

O PROFESSOR EXPLICA O FENÔMENO DA CIRCULAÇÃO SANGUÍNEA:
— SE EU FICAR DE CABEÇA PARA BAIXO, O SANGUE VAI DESCER PARA MINHA CABEÇA E MEU ROSTO VAI FICAR VERMELHO, NÃO É MESMO?
— SIM, PROFESSOR!, CONCORDA A CLASSE.
— AGORA, ALGUÉM SABE POR QUE É QUE OS MEUS PÉS NÃO FICAM VERMELHOS QUANDO ESTÃO NO CHÃO?
— EU SEI, PROFESSOR! É PORQUE OS SEUS PÉS NÃO SÃO VAZIOS!

LOUCO ESPERTO

TRÊS LOUCOS VÃO FAZER O EXAME MENSAL PARA VER SE PODEM RECEBER ALTA. O MÉDICO PERGUNTA AO PRIMEIRO:
— QUANTO É DOIS MAIS DOIS?
— 72, RESPONDE ELE.
O DOUTOR PENSA: "ESSE NÃO TEM MAIS JEITO", E REPETE A PERGUNTA PARA O PRÓXIMO LOUCO:
— QUANTO É DOIS MAIS DOIS?
— TERÇA-FEIRA, RESPONDE O SEGUNDO.
DESANIMADO, O MÉDICO VIRA-SE PARA O TERCEIRO LOUCO:
— QUANTO É DOIS MAIS DOIS?
— QUATRO, DOUTOR!, RESPONDE ELE.
— PARABÉNS, VOCÊ ACERTOU! COMO CHEGOU A ESSA CONCLUSÃO?
— FOI FÁCIL! ME BASEEI NAS RESPOSTAS DOS MEUS AMIGOS: 72 MENOS TERÇA-FEIRA DÁ QUATRO.

MÃE CUIDADOSA

NA PRAIA, O GAROTINHO PERGUNTA:
— MAMÃE! JÁ POSSO ENTRAR NA ÁGUA?
— VAI, SIM, FILHO. MAS TENHA CUIDADO PARA NÃO SE MOLHAR.

APRENDIZ DE VAQUEIRO

UM RAPAZ DA CIDADE VAI PROCURAR EMPREGO NO CAMPO. CHEGA EM UMA FAZENDA E O PATRÃO PERGUNTA QUE PROFÍSSÃO ELE TINHA. ELE DISFARÇA E DIZ QUE É VAQUEIRO. PARA FAZER UM TESTE, O FAZENDEIRO LHE DÁ UMA CORDA, UM BALDE, UM BANQUINHO E PEDE PARA O RAPAZ IR TIRAR LEITE DE UMA VACA. DUAS HORAS DEPOIS, O MOÇO APARECE TODO SUJO E RASGADO EXPLICANDO:
— AMARREI A VACA. MAS O SENHOR PRECISA ME AJUDAR PORQUE ATÉ AGORA NÃO CONSEGUI FAZER A VACA SENTAR NO BANQUINHO.

NO HOSPITAL

A ENFERMEIRA CHAMA UMA VELHINHA QUE ESTAVA DORMINDO:
— ACORDA, SENHORA! ESTÁ NA HORA DE TOMAR O SEU REMÉDIO PARA DORMIR...

ANTES DAS REFEIÇÕES

UM AMIGO PERGUNTA AO OUTRO:
— VOCÊ REZA ANTES DAS REFEIÇÕES?
— AH, NÃO! LÁ EM CASA NÃO PRECISA. MINHA MÃE COZINHA MUITO BEM.

CARPINTEIRO

UMA SENHORA OBSERVAVA COM ATENÇÃO O TRABALHO DO CARPINTEIRO. ELE SEGURAVA UMA TÁBUA COM A MÃO ESQUERDA, O MARTELO COM A MÃO DIREITA E OS PREGOS COM A BOCA.
— CUIDADO! O SENHOR PODE ENGOLIR OS PREGOS, SEM QUERER.
— NÃO SE PREOCUPE, SENHORA. EU TENHO OUTROS.

CASO GRAVE

O MÉDICO OBSERVA O EXAME DO PACIENTE E DIZ:
— SINTO MUITO. O SENHOR SÓ TEM MAIS TRÊS MESES DE VIDA.
— NÃO PODE SER! É MUITO POUCO TEMPO. EU NEM VOU CONSEGUIR PAGAR A CONSULTA.
— BEM, NESSE CASO, EU LHE DOU MAIS TRÊS MESES.

BRINCADEIRA DE LOUCO

DOIS LOUCOS BRINCAM DE MÉDICO:
— ESTOU DESESPERADO, DOUTOR. NÃO SEI MAIS O QUE FAZER. ACHO QUE SOU TRÊS.
— NÃO SE PREOCUPE. NÓS SETE VAMOS RESOLVER O SEU CASO.

MARIDO MANCO

A MULHER PERGUNTA AO MÉDICO:
— DOUTOR, MEU MARIDO MANCA PORQUE TEM UMA PERNA MAIOR DO QUE A OUTRA. O QUE O SENHOR FARIA NESSE CASO?
— PROVAVELMENTE MANCARIA TAMBÉM.

DESEMPREGADO

DOIS AMIGOS SE ENCONTRAM E UM FALA PARA O OUTRO:
— ESTOU PROCURANDO EMPREGO.
— O QUE ACONTECEU? POR QUE DEIXOU O SEU ÚLTIMO EMPREGO?
— PORQUE FIZERAM UMA COISA QUE ME DEIXOU MUITO CHATEADO.
— AH, É? E O QUE FOI?
— ME DESPEDIRAM!

BONS FREGUESES

DOIS COMERCIANTES ESTÃO CONVERSANDO:
— EU SEI CONSERVAR OS MEUS FREGUESES, POR ISSO ELES SEMPRE VOLTAM, E OS SEUS?
— OS MEUS NUNCA VOLTAM, TENHO UMA EMPRESA FUNERÁRIA.

CONVERSA DE VENDEDOR

O VENDEDOR AMBULANTE BATE NA PORTA DA DONA DE CASA:
— A SENHORA QUER COMPRAR UMA APÓLICE DE SEGUROS?
— NÃO, JÁ TENHO UMA.
— UMA COLEÇÃO DE ENCICLOPÉDIA?
— NÃO. OBRIGADA.
— E UM TECLADO ELETRÔNICO COM MAIS DE 800 RITMOS DIFERENTES?
— É CLARO QUE NÃO!
— PARA SE VER LIVRE DE MIM, A SENHORA COMPRARIA UM SABONETE?
— COMPRO ATÉ DOIS!
— OBRIGADO. É ISSO MESMO QUE EU ESTOU VENDENDO.

COMIDA DE BALEIA

A PROFESSORA EXPLICA:
— A BALEIA É UM MAMÍFERO MUITO GRANDE QUE SÓ SE ALIMENTA DE SARDINHA.
O ALUNO FICA CURIOSO:
— E COMO ELA ABRE AS LATAS, PROFESSORA?

CONVERSA DE DOIDO

O DELEGADO TEM DE INTERROGAR DOIS ASSALTANTES. PERGUNTA PARA O PRIMEIRO:
— QUAL É A SUA PROFISSÃO?
— NÃO TENHO PROFISSÃO, SENHOR.
PERGUNTA PARA O SEGUNDO:
— E A SUA?
— SOU APRENDIZ DELE...
VOLTA A PERGUNTAR PARA O PRIMEIRO:
— O QUE É QUE O SENHOR FAZ NA VIDA?
— NADA NÃO.
E PARA O SEGUNDO:
— E O SENHOR?
— EU AJUDO ELE.
— ONDE O SENHOR MORA?
— NÃO TENHO CASA, DELEGADO.
— E O SENHOR?
— SOU VIZINHO DELE.

LADRÃO FUJÃO

— DELEGADO, O LADRÃO ACABA DE FUJIR.
— IMPOSSÍVEL. NÃO MANDEI VIGIAR TODAS AS SAÍDAS?
— SIM, MAS ELE FUGIU PELA ENTRADA.

DEMISSÃO
O PATRÃO DISSE AO FUNCIONÁRIO:
— ESTÁ DESPEDIDO!
— MAS, CHEFE, EU NÃO FIZ NADA!
— EU SEI! E É POR ISSO MESMO!

DEVAGARZINHO
O NOVO EMPREGADO É MUITO LENTO. O CHEFE CHAMA A ATENÇÃO DELE:
— NÃO TEM NADA QUE VOCÊ FAÇA DEPRESSA?
— TEM SIM. EU ME CANSO MUITO DEPRESSA.

ANÚNCIO NO JORNAL
O VENDEDOR DE CLASSIFICADOS PERGUNTA:
— O QUE O SENHOR ACHOU DOS CLASSIFICADOS DO NOSSO JORNAL?
— MUITO EFICIENTE! FOI SÓ EU ANUNCIAR QUE PRECISAVA DE UM VIGIA NOTURNO QUE ASSALTARAM A LOJA NA MESMA NOITE.

NO DENTISTA
— FUI AO DENTISTA PARA TIRAR UM DENTE E ELE TIROU TRÊS.
— SEUS DENTES ESTAVAM ESTRAGADOS?
— NÃO. MAS O DENTISTA NÃO TINHA TROCO.

VAQUEIRO ESPERTO

UM VAQUEIRO PERGUNTA AO OUTRO:
— POR QUE VOCÊ USA SÓ UMA ESPORA?
— É PORQUE EU ACHO QUE, QUANDO UM LADO DO CAVALO COMEÇA A CORRER, O OUTRO LADO VAI JUNTO.

LOUCO NA FARMÁCIA

O SENHOR TEM SAL DE FRUTA?
—TENHO SIM.
— ENTÃO, VOU QUERER UM DE MORANGO.

QUE SUSTO!

UM HOMEM PASSAVA PELA RUA QUANDO OUVIU UMA MULHER GRITANDO:
— POR FAVOR, ME AJUDEM! MEU FILHO ENGOLIU UMA MOEDA.
O HOMEM AGARROU O MENINO PELOS PÉS, VIROU-O DE CABEÇA PARA BAIXO E SACUDIU-O ATÉ FAZER A MOEDA CAIR.
— OBRIGADA, DOUTOR! O SENHOR SALVOU O MEU FILHO. SORTE UM MÉDICO ESTAR POR PERTO.
— SENHORA, EU NÃO SOU MÉDICO. SOU COBRADOR DE IMPOSTOS.

PEIXE SAUDÁVEL
UM HOMEM PERGUNTA AO SEU AMIGO QUE É MÉDICO:
— PEIXE É REALMENTE SAUDÁVEL?
— BEM, PELO MENOS ATÉ HOJE EU NUNCA ATENDI NENHUM PEIXE EM MEU CONSULTÓRIO.

CARTA AO PAPAI NOEL
NO NATAL, UM MENINO MUITO POBRE MANDOU UMA CARTA PARA O PAPAI NOEL.
OS FUNCIONÁRIOS DO CORREIO FICARAM CURIOSOS E ABRIRAM A CARTA. O MENINO HAVIA ESCRITO QUE NÃO QUERIA PRESENTE, MAS SIM 200 REAIS PARA COMPRAR REMÉDIO PARA A SUA MÃE DOENTE.
O PESSOAL DO CORREIO RESOLVEU AJUDAR, ARRECADOU 100 REAIS E ENVIOU PARA O MENINO. DIAS DEPOIS, CHEGOU OUTRA CARTA DO MENINO PARA O PAPAI NOEL. DIZIA: "PAPAI NOEL, OBRIGADO PELO DINHEIRO QUE O SENHOR ENVIOU. POR FAVOR, DA PRÓXIMA VEZ, ENTREGUE PESSOALMENTE, PORQUE O PESSOAL DO CORREIO FICOU COM A METADE".

ESTRESSADO

UM HOMEM VAI AO MÉDICO RECLAMANDO DE VÁRIAS DORES. O DOUTOR ACONSELHA:
— O SENHOR ESTÁ ESTRESSADO. NÃO SE PREOCUPE, O IMPORTANTE É DESCOBRIR O SEU PRINCIPAL PROBLEMA. NO MÊS PASSADO, ESTEVE AQUI UM COMERCIANTE EM UM ESTADO BEM PIOR. EU PERCEBI QUE O SEU MAIOR PROBLEMA ERA UMA DÍVIDA IMENSA QUE ELE TINHA COM UM FORNECEDOR. ELE PASSOU A NÃO PENSAR MAIS NISSO E FICOU BOM.
— AH É, SÓ QUE O TAL FORNECEDOR SOU EU.

DINHEIRO PERDIDO

O NETINHO ENTRA CORRENDO EM CASA E A AVÓ DO GAROTO PERGUNTA:
— O QUE ACONTECEU?
— ACABEI DE PERDER 25 CENTAVOS.
— CALMA. PODE FICAR COM OS MEUS 25 CENTAVOS.
ASSIM QUE RECEBE A MOEDA DA AVÓ, COMEÇA A CHORAR AINDA MAIS.
— O QUE FOI AGORA?
— EU DEVERIA TER FALADO QUE PERDI 1 REAL.

AULA DE ANATOMIA

O PROFESSOR PERGUNTA:
— QUANTOS OSSOS TEM O CRÂNIO HUMANO?
— NÃO ME LEMBRO, PROFESSOR, MAS TENHO TODOS AQUI NA CABEÇA.

NADAR FAZ BEM

DOIS AMIGOS CONVERSAM ENQUANTO OBSERVAM O MAR:
— NADAR É UM DOS MELHORES EXERCÍCIOS PARA MANTER O CORPO MAGRO E ESBELTO.
— GOZADO, EU NUNCA VI UMA BALEIA MAGRA E ESBELTA.

ALUNO FALTOSO

A PROFESSORA PERGUNTA AO ALUNO QUE ESTÁ CHEGANDO:
— POR QUE VOCÊ NÃO VEIO À AULA ONTEM?
— É QUE UMA ABELHA ME PICOU, PROFESSORA.
— AH, É? E ONDE ELA PICOU?
— NÃO POSSO DIZER.
— TUDO BEM. ENTÃO, VÁ SE SENTAR.
— TAMBÉM NÃO POSSO SENTAR.

MAU ALUNO

— MEU FILHO, A PROFESSORA ME DISSE QUE DOS 20 ALUNOS DA CLASSE VOCÊ É O PIOR.
— ORA, PAI. PODERIA SER PIOR.
— COMO PIOR?
— A CLASSE PODERIA TER 40 ALUNOS.

NO SANATÓRIO

EM UMA SALA DE OBSERVAÇÃO, VÁRIOS LOUCOS PASSAVAM POR UM TESTE PARA SABER SE JÁ ESTAVAM PREPARADOS PARA VIVER EM UMA SOCIEDADE.
DE REPENTE, UM DOS LOUCOS DESENHA UMA PORTA NA PAREDE E COMEÇA A AGITAR UMA FUGA.

— PESSOAL, OLHA! UMA PORTA. VAMOS FUGIR! OS LOUCOS CORRIAM EM DIREÇÃO À FALSA PORTA E DAVAM COM A CARA NA PAREDE.
O MÉDICO FICOU SURPRESO E DISSE PARA O LOUCO QUE HAVIA DESENHADO A PORTA:
— PARABÉNS! VOCÊ MOSTROU QUE É CAPAZ DE ENGANAR AS PESSOAS. ESTÁ RECUPERADO.
O LOUCO RESPONDEU:
— É VERDADE, DOUTOR. ENGANEI TODOS ELES. A CHAVE DA PORTA ESTÁ COMIGO.

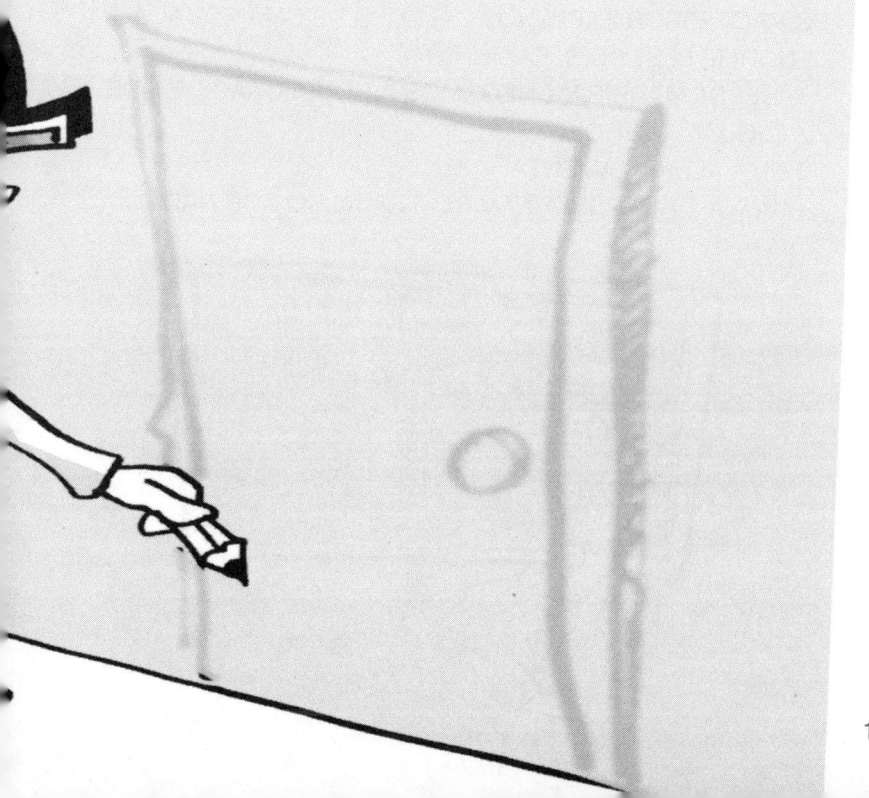

LOUCO NO DENTISTA

O DENTISTA DO HOSPÍCIO ATENDE A UM DOS LOUCOS QUE HAVIA EXTRAÍDO UM DENTE NO DIA ANTERIOR.
— E ENTÃO, O SEU DENTE PAROU DE DOER?
— SEI LÁ! O SENHOR FICOU COM ELE!

SEM EMPREGO

A PROFESSORA PERGUNTA PARA O JOÃOZINHO:
— O QUE SEU PAI FAZ?
— MEU PAI ESTÁ DESEMPREGADO.
— E O QUE ELE FAZ QUANDO TEM TRABALHO?
— CAÇA ELEFANTES NA AMAZÔNIA.
— MAS NO BRASIL NÃO EXISTEM ELEFANTES!
— É POR ISSO QUE ELE ESTÁ DESEMPREGADO.

NA AULA DE MATEMÁTICA

O PROFESSOR EXPLICA O CÁLCULO DE UMA EQUAÇÃO ENORME E, DEPOIS, FALA:
— DESSA MANEIRA, CHEGAMOS À CONCLUSÃO DE QUE X É IGUAL A ZERO!
E UMA ALUNA LAMENTA:
— PUXA, PROFESSOR! TANTO TRABALHO POR NADA!

VENDEDOR INSISTENTE

UM VENDEDOR AMBULANTE CHAMA A DONA DE CASA ATÉ O PORTÃO E OFERECE:
— MINHA SENHORA, TENHO AQUI LINHAS, AGULHAS, ALFINETES, PRESILHAS, ZÍPERES, PENTES, ESCOVAS, GRAMPOS...
— NÃO PRECISO DE NADA DISSO! JÁ TENHO TUDO!
MAS O VENDEDOR NÃO ACEITA DESCULPAS:
— ENTÃO, QUE TAL COMPRAR ESTE LIVRO DE ORAÇÕES PARA AGRADECER A DEUS POR NÃO FALTAR NADA PARA A SENHORA?

O ÔNIBUS CERTO

UM TURISTA PERGUNTA PARA UM SENHOR QUE PASSA NA RUA:
— POR FAVOR, QUE ÔNIBUS DEVO TOMAR PARA CHEGAR À PRAIA?
— É FÁCIL! TOME O 111.
HORAS DEPOIS, O MESMO SENHOR PASSA POR ALI E ENCONTRA O TURISTA NO MESMO LUGAR.
— AINDA ESTÁ ESPERANDO O ÔNIBUS?
— O SENHOR NÃO DISSE PARA EU TOMAR O 111? POIS, ENTÃO, ATÉ AGORA, EU JÁ CONTEI 87!

PESCARIA MALUCA

O LOUCO ESTÁ SENTADO EM UM BANQUINHO, SEGURANDO UMA VARA DE PESCAR MERGULHADA EM UM BALDE COM ÁGUA.
O MÉDICO DO HOSPÍCIO PASSA E PERGUNTA:
— O QUE VOCÊ ESTÁ PESCANDO?
— OTÁRIOS, DOUTOR.
— JÁ PEGOU ALGUM?
— O SENHOR É O QUARTO!

CASO GRAVE

O MÉDICO DIZ:
— TEREI DE SER SINCERO COM VOCÊ: SEU CASO NÃO TEM CURA. DESEJA VER ALGUÉM?
— SIM, DOUTOR. QUERO VER OUTRO MÉDICO.

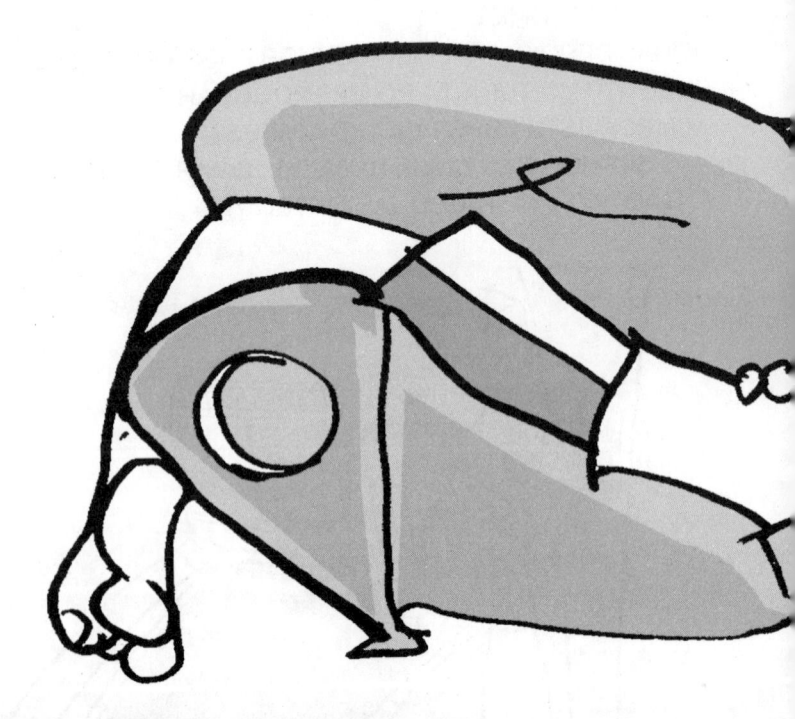

O PREGUIÇOSO

DE TANTO VER O FILHO DEITADO NO SOFÁ ASSISTINDO À TELEVISÃO, O PAI PERGUNTA:
— VOCÊ NÃO SE CANSA DE FICAR TANTO TEMPO SEM FAZER NADA?
— É! ÀS VEZES, EU ME CANSO...
— E O QUE VOCÊ FAZ?
— VOU PARA O QUARTO DESCANSAR UM POUCO...

CADÊ A MAÇÃ?
A MÃE PERGUNTA:
— QUEM PEGOU UMA MAÇÃ QUE ESTAVA NA FRUTEIRA?
— FUI EU, MAMÃE! DEI A MAÇÃ A UM POBRE MENINO QUE ESTAVA COM FOME.
— NOSSA, FILHO! VOCÊ TEM UM CORAÇÃO DE OURO! E QUEM ERA ESSE MENINO?
— EU, MAMÃE!

ALUNO DESATENTO
A PROFESSORA PEDE AO ALUNO QUE NÃO ESTAVA PRESTANDO ATENÇÃO NA AULA:
— DIGA UMA PALAVRA QUE COMECE COM A LETRA D.
— ONTEM, PROFESSOR!
— QUER DIZER QUE ONTEM COMEÇA COM D?
— COMEÇA, SIM, PROFESSORA. ONTEM FOI DOMINGO.

NO RESTAURANTE
O FREGUÊS CHAMA A ATENÇÃO DO GARÇOM:
— ESTA LAGOSTA ESTÁ SEM UMA GARRA!
— É QUE AS LAGOSTAS SÃO TÃO FRESCAS QUE BRIGARAM UMAS COM AS OUTRAS LÁ NA COZINHA.
— POIS, ENTÃO, LEVE ESTA DE VOLTA E TRAGA PARA MIM A LAGOSTA VENCEDORA.

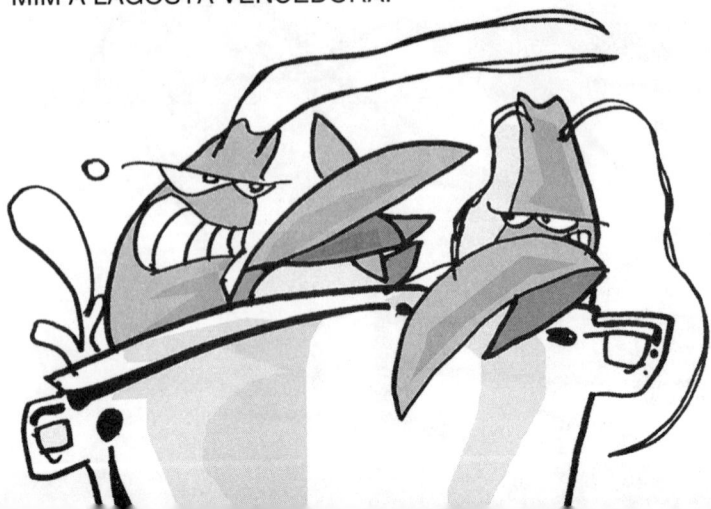

AULA DE REDAÇÃO
DEPOIS DE CORRIGIR AS REDAÇÕES, A PROFESSORA CHAMA A ATENÇÃO DO ALUNO:
— JOÃOZINHO, A SUA REDAÇÃO SOBRE CACHORRO ESTÁ EXATAMENTE IGUAL À DO SEU IRMÃO!
— MAS, PROFESSORA, O CACHORRO É O MESMO.

VENDEDORES
O PROFESSOR EXPLICA:
— QUEM VENDE LEITE É LEITEIRO. QUEM VENDE PÃO É PADEIRO. E QUEM VENDE CARNE?
UM ALUNO GRITA LÁ DO FUNDO:
— É CARNEIRO, PROFESSOR.

ONDE ESTÁ O ANÃO?
— VOCÊ VIU PASSAR POR AQUI UM ANÃO DE 1,90 METRO?
— ORA, MAS SE ELE TEM 1,90 METRO NÃO É UM ANÃO!
— É, SIM. É QUE ELE ESTÁ DISFARÇADO DE GIGANTE!

SOCORRO!

EM UMA AVENIDA MOVIMENTADA, UM HOMEM COMEÇA A GRITAR:
— SOCORRO! SOCORRO! SOCORRO!
ALGUNS CURIOSOS SE APROXIMAM PARA SABER O QUE É. NINGUÉM ENTENDE POR QUE O HOMEM PEDE POR SOCORRO E TEM GENTE QUE ATÉ VAI CHAMAR A POLÍCIA E O BOMBEIRO. O HOMEM SEGUE ANDANDO PELA RUA E CONTINUA GRITANDO:
— SOCORRO! SOCORRO!
ATÉ QUE APERTA O PASSO E ALCANÇA UMA MULHER:
— POXA, SOCORRO! EU AQUI CHAMANDO E VOCÊ NEM ESCUTA!

NA ESTRADA

UM HOMEM VEM DIRIGINDO PELA ESTRADA QUANDO UMA VIATURA DA POLÍCIA RODOVIÁRIA FAZ SINAL PARA ELE PARAR. O GUARDA PEDE:
— BOM DIA, DEIXE-ME VER A CARTA?
— CARTA? MAS EU FIQUEI DE ESCREVER PARA O SENHOR?

CARTA MALUCA
O ENFERMEIRO PERGUNTOU PARA O LOUCO:
— O QUE O SENHOR ESTÁ FAZENDO?
— ESTOU ESCREVENDO UMA CARTA PARA MINHA NAMORADA.
— COMO? VOCÊ NÃO SABE ESCREVER!
— NÃO FAZ MAL. ELA NÃO SABER LER.

AULA DE GRAMÁTICA
A PROFESSORA ESTÁ ENSINANDO O USO DE PRONOMES E PEDE A UM DOS ALUNOS:
— FAÇA UMA FRASE COM O PRONOME CONSIGO.
O ALUNO PENSA UM POUCO E RESPONDE:
— EU NÃO CONSIGO APRENDER PRONOMES.

MEU HERÓI!
O MENINO CHEGA DA ESCOLA E CORRE CONTAR A NOVIDADE PARA O PAI:
— PAPAI, HOJE A PROFESSORA PEDIU PARA A GENTE ESCREVER SOBRE NOSSOS HERÓIS E EU ESCREVI SOBRE VOCÊ!
— VERDADE, FILHO? NOSSA... EU NEM SABIA QUE VOCÊ ME ADMIRAVA TANTO!
— NA VERDADE, PAI... É QUE EU NÃO SABIA ESCREVER ARNOLD SCHWARZENEGER...

TEMPO CHUVOSO

A MULHER COMENTA COM O MARIDO QUE ESTÁ DISTRAÍDO ASSISTINDO AO JOGO DE FUTEBOL:
— O RÁDIO ANUNCIOU BOM TEMPO PARA HOJE, MAS ESTÁ CHOVENDO SEM PARAR.
— JÁ DISSE QUE VOCÊ PRECISA MANDAR CONSERTAR ESSE RÁDIO!

MENINO EDUCADO

UM HOMEM OBSERVA UM MENINO DE MÃO DADA COM A MÃE E RESOLVE PUXAR CONVERSA:
— QUE GAROTO BONITO! COMO VOCÊ SE CHAMA?
— JUQUINHA.
A MÃE CHAMA A ATENÇÃO DO MENINO:
— FILHO, SEJA EDUCADO, DIGA "SENHOR".
— TÁ BOM. EU ME CHAMO SENHOR JUQUINHA.

PRESENTE PARA NAMORADA

O RAPAZ CONTA PARA UM AMIGO:
— NO NATAL DO ANO PASSADO, DEI UM COLAR DE PÉROLAS PARA MINHA NAMORADA.
— E O QUE ELA ACHOU?
— DISSE QUE NÃO TINHA PALAVRAS PARA AGRADECER. NÃO SEI QUAL PRESENTE DEVO COMPRAR ESTE ANO.
— ORA, COMPRE UM DICIONÁRIO!

JÁ NOS CONHECEMOS?
UM HOMEM COMENTA COM O LOUCO:
— PERDÃO, CAVALHEIRO, JÁ VI O SEU ROSTO EM OUTRO LUGAR. ONDE TERIA SIDO?
— IMPOSSÍVEL! MEU ROSTO NUNCA SAI DO LUGAR. ESTÁ SEMPRE GRUDADO NA MINHA CABEÇA.

ESTUDANDO O PORTUGUÊS
O FILHO ESTÁ INDO MAL NA ESCOLA E O PAI RESOLVE AJUDAR O MENINO A ESTUDAR PARA AS PROVAS:
— FILHO, VOCÊ CONHECE BEM O PORTUGUÊS?
— CONHEÇO, SIM!
— ENTÃO, EXPLIQUE O QUE SÃO VERBOS AUXILIARES.
— AH, PAI! PENSEI QUE FOSSE O PORTUGUÊS DA PADARIA!

TRATAMENTO DE BELEZA

A GAROTINHA OLHAVA, FASCINADA, A MÃE ESFREGANDO CREME NO ROSTO.
— POR QUE VOCÊ ESTÁ FAZENDO ISSO?
— PORQUE EU QUERO FICAR BONITA, RESPONDE A MÃE COMEÇANDO A TIRAR O CREME COM UM ALGODÃO.
E A FILHA PERGUNTA:
— O QUE FOI? DESISTIU?

FUTEBOL ENTRE INSETOS

AS FORMIGAS PERDEM FEIO PARA AS ARANHAS.
O PRIMEIRO TEMPO TERMINA EM OITO A ZERO.
O PROBLEMA ESTÁ NA DIFERENÇA DO NÚMERO DE PERNAS.
NO SEGUNDO TEMPO, ENTRA A CENTOPEIA NO TIME DAS FORMIGAS — QUE REAGE E EMPATA.
— MAS POR QUE ELA NÃO JOGOU LOGO NO PRIMEIRO TEMPO? — QUIS SABER UM REPÓRTER.
— PORQUE ESTAVA CALÇANDO AS CHUTEIRAS!

TROTE AO TELEFONE

O MENINO LIGA PARA UMA CLÍNICA:
— POR FAVOR, TEM OCULISTA AÍ?
— TEM, SIM. QUER MARCAR UMA CONSULTA?
— NÃO, NÃO. EU SÓ QUERO AJUDAR O MEU PAI. ELE ESTÁ RECLAMANDO QUE A LÂMINA DE BARBEAR FICOU CEGA.

CAIPIRA NA CIDADE

UM CAIPIRA FOI MORAR NA CIDADE GRANDE E, SEM SABER O QUE ERA, ENTROU NA LINHA DO TREM. FOI ANDANDO SOBRE OS TRILHOS ATÉ SER ATROPELADO POR UM TREM.
TEVE DE SER SOCORRIDO COM URGÊNCIA NO HOSPITAL E PASSOU DIAS SE RECUPERANDO DO ACIDENTE.
DEPOIS QUE RECEBEU ALTA, O CAIPIRA FICOU TRAUMATIZADO:
FOI PRESO EM UM SHOPPING CENTER, POR TER DESTRUÍDO UM FERRORAMA, ENQUANTO BERRAVA:
— ESSE MONSTRO A GENTE TEM DE MATAR ENQUANTO É PEQUENO!